Karl Simrock

Freidanks Bescheidenheit

Ein Laienbrevier

Karl Simrock

Freidanks Bescheidenheit
Ein Laienbrevier

ISBN/EAN: 9783743698499

Hergestellt in Europa, USA, Kanada, Australien, Japan

Cover: Foto ©Andreas Hilbeck / pixelio.de

Weitere Bücher finden Sie auf **www.hansebooks.com**

Freidanks

Bescheidenheit.

Ein Laienbrevier.

Neudeutsch

von

Karl Simrock.

Stuttgart.

Verlag der J. G. Cotta'schen Buchhandlung.

1867.

Buchdruckerei der J. G. Cotta'schen Buchhandlung in Stuttgart.

Fräulein

Auguste Grimm

gewidmet.

Inhalt.

Vorwort.

Bescheidenheit, als den Inbegriff aller richtigen Einsicht in das Verhältniß des Menschen zu Gott und der Welt, nannte sein Werk der Dichter, der sich selber bescheiden unter dem Namen Freidank verbarg, weil er freier dachte als die meisten seiner Zeitgenoßen. Ein Freidenker im heutigen Sinne des Worts war er nicht: vor diesem Verdacht schützt ihn der tief religiöse Sinn, der sich in seinem ganzen Werk und schon in den ersten Abschnitten ausspricht. Aber in den Kämpfen seiner Zeit, dem Streit der beiden Schwerter, zwischen „Platte und Krone", wie sich ein gleichzeitiger Dichter ausdrückt, stellte die richtige Einsicht ihn wie den Walther von der Vogelweide und später Dante, auf die Seite des Kaisers.

Wilhelm Grimm, der liebenswürdige Märchenerzähler, der fast ein halbes Leben lang den unermüdlichsten Fleiß verwendet hat, Freidanks

Lehrgedicht so herzustellen wie es der Verfaßer ge=
dacht und geschrieben hat, vermuthete (behauptet
hat er es nicht), Freidank und Walther von der
Vogelweide seien Eine Person. Sein Bruder
Jacob war dieser Meinung nicht; Lachmann (zu
Walther 137) fand sie unwahrscheinlich, und
zweifelte doch wieder, wenn er in der seinen Be=
weisführung die Menge des Treffenden bemerkte;
Wackernagel trat Wilhelms Vermuthung bei.
Ich selbst war seiner Ansicht geneigter als jetzt,
wo mir Folgendes entgegenzustehen scheint:

1. Freidank, was auch Lachmann andeutet,
zeigt nicht ganz die Strenge der politischen An=
sicht Walthers. Er entschuldigt mehrfach (S. 175
u. 176) den Pabst, dem Walther stäts aufs Ent=
schiedenste entgegentritt.

2. Walther, der seine Tonsprüche gegen Päbste
und Kaiser schleuderte, die dem Bannstral ver=
gleichbar wie Blitze zündeten, verläugnete seinen
Namen nicht; Freidank verbarg den seinen. Aus
Bescheidenheit, sagte ich oben, nahm aber das
Wort nicht in dem heutigen Sinne: die richtige
Erwägung seiner Verhältnisse mochte es ihm zur
Pflicht machen. Walther zog von Hof zu Hofe,

er war frei wie die Vögel, die er weidete und
die ihm den Namen gaben, und wenn dieſer
Name gleichfalls ein angenommener war wie der
Name Freidank, ſo verbarg er ſich doch nicht
unter ihm: als Walther von der Vogelweide war
er Kaiſern und Königen perſönlich bekannt und
befreundet. Stieß er mit einem ſeiner Sprüche
bei ihnen an, ſo räumte er ihnen den Hof und
war gewiß, an einem andern gaſtliche Auf=
nahme zu finden. So glücklich war wohl Frei=
dank nicht. War auch Er Ritter, wie das wahr=
ſcheinlich iſt, ſo diente er doch vielleicht einem
Fürſten, der auf der Gegenſeite ſtand, und dieß
konnte ihn beſtimmen, als Dichter ſeinen Namen
geheim zu halten. Wir wißen nicht gewiß ob
es dieß war, was ihn zur Vorſicht mahnte; aber
etwas Aehnliches ſcheint er in den Worten an=
zudeuten:

> Sagt' ich die Wahrheit allezeit,
> So fänd ich manchen Widerſtreit.
> Drum muß ich oft die Lippen nagen:
> Man mag zuviel der Wahrheit ſagen.
> Sagt' ich halb nur was ich weiß,
> Müſt ich bewohnen fremden Kreiß.

3. Was er im Leben verborgen gehalten, muſte
der Tod an den Tag bringen. Darum könnte
Freidanks Grabſchrift zu Treviſo immerhin echt
ſein. Zwar die ſprachlichen Formen weiſen
auf das 15. Jahrhundert; aber ſo lauteten
ſie vielleicht nur in der Erneuerung, die man
nöthig fand, als die erſte an die Mauer ge=
malte Inſchrift der Regen abgewaſchen hatte.
Lautete die urſprüngliche Faßung wie Pfeiffer
annimmt:

> Hie lît Fridauc
> gar ân allen sînen danc,
> der ie sprach und nie sauc,

ſo kann ich in der erſten Zeile keine Roheit
finden: ſie konnte unmöglich mehr enthalten als
das bekannte hie lît (hic iacet) und den Namen
des Begrabenen. Dieſe Zeile könnte alſo ſogar
von Freidank ſelbſt ſein, wie es dieſer auch ſonſt
mit den Senkungen gehalten habe. Die zweite
Zeile dünkt mich durchaus nicht unſchicklich noch
albern; die Anſpielung auf einen Spruch des
Dichters, welchen W. Grimm ſelbſt angeführt
hat, S. 199 Z. 15—18.

Wenn ich sterben lerne,
Das thu ich nimmer gerne:
So lang ich immer möge leben
Will ich dem Tode widerstreben.

ist fein genug und zeugt von derselben Bekannt=
schaft mit dem Gedichte, welche die Schlußzeile
mit dem Dichter verräth, der, soviel wir wißen,
Lieder nicht gesungen, sondern nur ein Spruch=
gedicht verfaßt hat. Ist aber Freidank zu Treviso
begraben, so kann er nicht Walther sein, dessen
Grabstätte zu Würzburg war.

4. Hat Freidank wirklich nie mehr als Eine
Senkung ausgelaßen, so hielt es Walther gerade
bei Sprichwörtern anders, vgl. 105, 25, wie
er denn überhaupt Senkungen öfter ausließ als
Lachmann anzunehmen geneigt war. Jetzt füllt
man sie ihm aus, wozu Niemand berechtigt ist.

5. Freidank spricht von den Höfen ungünstiger
als Walther; er war vermuthlich auch jünger als
dieser, und so hat er die beßere Zeit nicht mehr
gesehen, die Walthern noch zu Gute gekommen
war. Daß die Bescheidenheit schon im Beginn
des dreizehnten Jahrhunderts bekannt gewesen
und von den bedeutendsten Dichtern ausgebeutet

worden sei, hat W. Grimm nicht überzeugend
nachgewiesen.

Als charakteristisch für Freidank ist festzuhalten,
daß er sein ganzes Werk auf das deutsche Sprich=
wort gegründet hat und daß er auch da, wo er
nicht aus dem Volke, sondern aus seiner eigenen
Welterfahrung und Weltanschauung schöpft, doch
seinen Lehren die sprichwörtliche Form aufdrückt.
Ein bloßes Sammelwerk ist die Bescheidenheit
nicht, dazu hat der Dichter zuviel von seinem
Eigenthum hinzugethan, auch wenn wir von den
beiden Abschnitten über Rom und Ackers ab=
sehen, von welchen W. Grimm annahm, daß sie
ursprünglich nicht zu dem Spruchgedicht gehört
hätten und ihm erst späterhin einverleibt seien.
Tritt hier auch mehr als in den übrigen Theilen
des Werks die politische Tendenz, ja die Absicht des
Dichters hervor, in den Gang der Weltbegeben=
heiten bestimmend einzugreifen, so haben doch auch
sie die spruchartige, epigrammatische Form; und
für unsere Zeit möchte wenigstens der erste nicht viel
geringere unmittelbare Geltung haben als die übri=
gen ein und funfzig Abschnitte, während bei dem
andern allerdings das historische Interesse vorwiegt.

Nach W. Grimm war es die Absicht des Dich=
ters, seiner Zeit den Spiegel vorzuhalten. Wenn
dem so ist, und jeder Dichter wird wohl zunächst
seine eigene Zeit im Auge haben, so sieht das
Bild, das er von seiner Zeit entwirft, der heu=
tigen überraschend ähnlich. Die Bescheidenheit
ist ein goldenes Buch voll sinniger und treffend
ausgedrückter Wahrheiten, die für alle Zeiten
gelten, und noch heutzutage verdient es als das
älteste und beste Laienbrevier täglich gelesen
und stündlich erwogen zu werden. Wer es auch
verfaßt habe, er hat die tausendjährige Weisheit
des Volks nicht bloß gesammelt, geordnet und
mit den Schätzen seines eigenen Geistes und Ge=
müthes bereichert, sein Hauptverdienst scheint im
Umschmelzen und Neumünzen des überlieferten
Metalls zu bestehen, denn in der Form, wie es
ihm der Volksmund in verschiedenen Dialekten
oder die frühere Literatur in vielfachen, jetzt ver=
geßenen Schriften überliefert hatte, konnte es
der Dichter wohl selten gebrauchen: er muste es
erst in den Schmelztiegel werfen, mit dem Golde
seiner eigenen innern und äußern Erfahrungen
verquicken und versetzen, um ihm dann in der

Münzstätte seines Geistes den eigenen Stempel
aufzudrücken.

Für meine eigene Umbildung muß ich um
Nachsicht bitten. Nicht nur ist es nach meinen
schon frühen Erfahrungen viel schwieriger aus
dem Mittelhochdeutschen zu übersetzen als aus
irgend einer andern Sprache; die „Bescheidenheit"
insbesondere läßt dem Uebersetzer in ihren kurzen
gedrungenen Zeilen selten freie Ellenbogen. Wört=
liche Uebertragung verflüchtigte den Geist: darum
sah ich mich mehrfach zu Freiheiten genöthigt,
die ich mir sonst nicht gestatte; ja Einiges muste
ich als undeutlich in die Noten verweisen. Wer
dem Dichter näher zu kommen versteht, dem
gestehe ich gerne den Preis zu. Gelingt es aber,
mir oder einem glücklichern Mitbewerber, Frei=
danks Werk unserer Sprache wieder anzueignen,
seine goldenen Sprüche aufs Neue in Umlauf zu
setzen, so ist eine Unbill der Zeit wieder gut
gemacht, die durch die Veränderungen, welche
sie mit der Sprache vornahm, die Nation oft
ihres kostbarsten Eigenthums beraubt hat. Was
unserm Dichter aus frühern Jahrhunderten vererbt
war, was Er in seiner Sprache so eindringlich

als sinnig auszudrücken bemüht gewesen, mußte nach sechshundert Jahren, wie es die Verwand= lungen der Sprache erheischten, eine neue Um= schmelzung erfahren, um der gesamten Nation, nicht bloß wenigen der mittelhochdeutschen Sprache Kundigen, mundgerecht zu werden. Ich glaube nicht, daß Ueberseßungen, wie man jeßt vorgiebt, dem Original Abbruch thun, dem sie vielmehr nach unseres Meisters Urtheil zuführen, indem sie den Werth der Werke kennen lehren, zu deren Studium man ohne diese Kenntniß nicht angereizt würde. Sie erregen, sagt Goethe, eine unwiderstehliche Sehnsucht nach dem Original. Ueberseßungen ge= währen noch andere Vortheile: sie bilden, schulen und bereichern die Sprache. Ihr Hauptverdienst bleibt aber immer der Genuß, welchen sie dem gewähren, welchem das Original ohne sie ver= schloßen bliebe. Ueberseßungen klassischer mittel= hochdeutscher Werke haben noch das besondere Verdienst, daß sie den nur allzu centrifugalen Deutschen endlich von der Peripherie zu seinem Mittelpunkt, der ihm von Jugend auf entfrem= deten deutschen Heimat, zurückführen helfen. Des walte Gott!

Dieß Büchlein richtet sich nicht an die Ver=
wandten irgend eines Bekenntnisses. Katholische
werden vielleicht an dem Abschnitte von Rom,
Evangelische an dem von der Messe Anstoß neh=
men. Aber es giebt in beiden Kirchen und außer=
halb Gebildete, welche Freidanks Sprüche wie
Walthers Lieder als Erzeugnisse ihrer Zeit zu
würdigen wißen, einer Zeit, wo man gläubig
und selbst kirchlich fromm sein konnte und doch
wie Dante in gibellinischer Gesinnung zum Kaiser
stehen und den Anmaßungen des römischen Hofes
entgegentreten. Diesen möge die Bescheidenheit
empfohlen sein.

Bonn, im April 1867.

K. S.

Freidanks Bescheidenheit.

Ich bin genannt Bescheidenheit,
Die aller Tugend Krone leiht.
Freidank hat mich zurechtgestellt,
Gewiss auch Fehler beigesellt.

1. Von Gott.

Gott dienen ohne Wank,
Das ist der Weisheit Anfang.

Wer um diese kurze Zeit
Läßt die ewge Seligkeit,
Der hat sich selber betrogen
Und zimmert auf den Regenbogen.
Wenn der Regenbogen sich zerläßt,
So weiß er nicht mehr wo sein Nest.

Wer die Seele will bewahren,
Muß sich selber laßen fahren.

Wer Gott liebt wie er soll,
Des Herz ist aller Tugend voll.

An stäten Ehren wird zu Spott
Wer da will leben ohne Gott.

Wer Gott nicht fürchtet immerdar,
Der ist ein Feigling offenbar.

Was Gott gebeut, thust du das gern,
Ist Gott in dir, du in dem Herrn.

Gott erhöhet alle Güte,
Erniedert Stolz und Hochgemüthe.

Vor Gott mag nichts verborgen sein,
Er sieht durch aller Herzen Schrein.
Was im Dunkel Einer thut,
Sei es übel oder gut,
Was je ein Menschenherz erdacht,
Wird Alles an das Licht gebracht.
Den Lohn empfängt darnach die Welt,
Wie sie in Gottes Dienst sich hält.
Noch selten ward der Mensch zu Spott,
Der all sein Ding gestellt auf Gott;
Doch ohne Gottes Furcht und Segen
Mag seines Glückes Niemand pflegen.
Man soll mit allen Sinnen
Gott fürchten und minnen.
All weltlich Dräuen ist verloren
Und aller Zorn vor Gottes Ohren:
Man muß ihn flehn um seine Gaben;
Er fürchtet Niemands Ungehaben.
Das Kleinste was je Gott gemacht,
Beschämt der Menschen Sinn und Macht.
Kein Halm, und wär er noch so schwach,
Es macht ihn doch kein Mensch ihm nach,
Da Engel, Teufel noch ein Mann
Nicht einen Floh nur machen kann.
Das Maß, nach dem sie sollen leben,
Hat allen Dingen Gott gegeben.
Beßer Maß zu jeder Frist
Giebt Gott uns als der Mensch Ihm mißt.

Die Leute ernten hier und mähen
Darnach als sie das Feld besäen:
So pflegt uns Gott Gericht zu geben
Darnach als wir auf Erden leben.

Gott richtet nach des Menschen Muth
Sei er übel oder gut:
Bös und Gut wird sein Gewinn
Immer nach des Menschen Sinn.

Mehr gilt der Will ihm als das Thun
Es sei ein gutes, böses nun.

Gott, der in alle Herzen schaut,
Und bät die ganze Welt ihn laut,
Kein Unrecht möchte sie erflehn:
Er läßt das Rechte nur geschehn:
Ein kleines Kind erbät ihn wohl
Was man von ihm erbitten soll.

Gott hat Willen zweier Art,
Die er beid uns offenbart:
Er thut wohl alles was er will
Und duldet auch Unbillges viel;
Rächt' er nur halb was er vermag,
Stünde die Welt nicht Einen Tag.

Wollt uns Gott so lange strafen
Als wir hier in Sünden schlafen,
Was seine Gnade wende,
So hätt es nie ein Ende.

Könnte die Himmel Einer brechen,
Gott würd es eines Tages rächen.

Die Bücher sagen uns für wahr,
Dort währe Ein Tag tausend Jahr.
  Wer ein schwarzes Eisen thut
In Feuer oder heiße Glut,
Die schwarze Farbe läßt es sein
Und gewinnt des Feuers Schein:
So, wenn der Sünder in sich geht
Und darnach in großer Reue steht,
So durchglühet Gott den reinen Muth
Recht wie das Feuer Eisen thut:
Mit seines Geistes Minne
Erfüllt er ihm die Sinne
Und gedenkt der Sünde dann nicht mehr:
Kein Schnee ist reiner nun als Er.
  Gott hat erschaffen jedes Ding;
Doch Niemand rechte Kund empfieng,
Welche Kraft in Allem sei:
Drum steht da Jedem Wähnen frei.
  Gott, sagt man, hat der Welt gegeben
Große Ehr und frohes Leben;
Doch wär die Freude noch so groß,
Unfreude ist da Hausgenoß.
Freud entgilt man und Gemach
Stäts mit Kummer dreißigfach.
  Der Zeit ward Glück nie zugemessen,
Bei der man Gottes hat vergessen.
  Daß wir vergessen Gottes Huld,
Daran ist schöner Anblick Schuld.

Manchen Dienst empfängt Gott gnädig:
Die Thoren wären gern sein ledig.

Gott hält die Brosamen werth,
Die Niemand am Tisch begehrt.

Wir geloben alle Gott viel mehr
Als ihm geleistet wird nachher.

Wie groß auch deine Sünde sei,
Gedenke wohlzuthun dabei;
Niemands Gutthat geht verloren,
Als der zur Hölle wird geboren.

Wer nicht recht vermag zu leben,
Der soll doch nach dem Rechten streben.

Was Jemand Gutes hat begangen,
Dafür läßt Gott ihn Lohn empfangen;
Was Jemand hat verbrochen,
Bleibt auch nicht ungerochen.

Die Gebote Gottes verletzt
Der Mensch nur, den er schuf zuletzt.
Fisch und Vogel, jedes Thier
Lebt treuer der Natur als wir.

Mosis Gebet hat Gott vernommen
Eh es ihm in den Mund gekommen:
Was je ein reines Herz begehrt,
Das wird ihm ohne Wort gewährt.

Gebet, an dem das Herz nicht Theil
Genommen, bringt uns nimmer Heil.

Wem kein Gebet vom Herzen kommt,
Versuche ob das Meer ihm frommt.

Das Herz kann Gott die Schuld bekennen
Die Zunge braucht sie nicht zu nennen.

Wuſte Gott Alles was geſchieht
Eh er zu ſchaffen ſich berieth?
Der Weiſe weiß, er wuſte wohl
Was geſchah und je geſchehen ſoll.
Den Himmel und den Kreiß der Erde,
Und was darin, ſchuf Gottes Werde;
Er erſchuf den Engel, dem darnach
Der Hochmuth ſeine Krone brach.
Zuletzt erſchuf er einen Mann:
Die beiden Niemand ſcheiden kann.
Gott wuſte wohl um ihren Haß
Eh er ſie ſchuf: verwehrte das,
Daß Gott ſie ſchuf? Wer ſühnt die zwei?
Das thut auch Gott, der war dabei.
Wer vermag den Streit zu ſcheiden
Unter Chriſten, Juden, Heiden
Als Gott, der ſie geſchaffen hat
Und die Welt all ohne Jemands Rath.
Voraus wohl ſah er allen Streit
Eh er ſie ſchuf, und ihren Neid.
Warum der eine Menſch verloren,
Der andre wird zur Gnad erkoren,
Wer das fragt, der fragt zuviel,
Denn Gott thut Alles was er will.
Was Gott mit dem Geſchöpfe thut,

Das soll uns Alles dünken gut.
Was mag der Haven (Topf) sprechen,
Will ihn sein Meister brechen?
So mögen wir auch wider Gott
Nicht streiten, macht er uns zu Spott.

    Wenn der Haven kommt zu Fall,
Das geschieht nicht ohne Schall.
Ob er her fällt oder hin,
So ergeht der Schaden über ihn.

    Ich wüste gern die Märe,
Daß Adam schuldlos wäre,
Denn er bracht uns ohne Noth
Aus großem Heil in grimmen Tod.

    Gott erschuf Adamen
Ohne menschlichen Samen.
Eva ward von ihm genommen;
Von Jungfraun sind die zwei gekommen.
Die Erde war noch Jungfrau gar,
Als nakt das erste Menschenpaar;
Sie verloren dann ihr Magdthum.
Die dritte Magd hat Jungfraunruhm,
Die Christ gebar ohn arge List,
Und Magd da war und ewig ist.
Hoch über allen Mägden ragt
Die Keusche dieser reinen Magd.
    Als so rein dann Adam ward
Verführt durch seine Hochfahrt,

Eva durch List so überkommen,
Hätte der Teufel nicht genommen
Für den so erstrittnen Ruhm
Der ganzen Erde Reichthum.

Darnach wurde Christ allein
Für uns Menschen alle rein,
Der uns wieder zu gewinnen
Kam mit göttlichen Sinnen.
Es weiß wohl wer das Credo kann,
Wie er wieder uns gewann.

Ohne Mutter Christ den Vater hat
Und die Mutter ohne Mannesrath:
Die Geburt geziemt' ihm nur,
Von der kein Mensch noch je erfuhr.

Gott erschuf die ganze Welt
Aus Nichts. Wer das im Sinne hält,
Der mag in Nichts noch Wunder sehn
Was je geschah und wird geschehn.
Kein Wunder dünkt mich auch fürwahr,
Daß Christum eine Magd gebar:
Niemand auch das für Wunder habe,
Daß Christ erstanden ist vom Grabe:
Wer thun mag alles was er will,
Dem wird der Wunder nie zu viel.
Größer Wunder noch, muß man gestehn,
Läßt Gott uns alle Tage sehn.
Wir sehn die Himmelszeichen schweben,
Sie bewegen sich, man glaubt sie leben;

Sonne, Mond und Sternenschein —
Wie mag ein Wunder größer sein?
Der Donner thut uns Wunder kund:
Ihm bebt der ganzen Erde Rund.
Erd und Himmel läßt er einst vergehn
Und wieder schöner dann erstehn.
Wird dieß allzumal vollbracht,
Des Kraft ist größer, ders gemacht.
    Gottes Wunder sind so groß,
Wir sind des Sinns dagegen bloß.

    Gott Vater einen Sohn gewann,
Sinn noch Gedanke rührt daran,
Wie er diesen Sohn gebar
Eh noch eine Mutter war.
    Seiner Geburten sind doch zwo;
Erhaben ist die eine so:
Ohne Frag und Antwort ist
Die göttliche zu aller Frist;
Die menschliche erlaubt wohl Frage
Und daß man drauf die Antwort sage:
Gott nahm an sich die Menschheit,
Eine Magd gebar ihn ohne Leid.
Dieß Kind ist unser Heiland Christ:
Der überwand des Teufels List,
Der Even und Adam verrieth
Und sie vom Paradiese schied.

Gott der Sohn gewann die Huld,
Die verloren war durch Adams Schuld,
Uns wieder durch der Marter Leib:
Nun freu sich all die Christenheit,
Daß Christ getödtet hat den Tod;
So sanft entnahm er uns der Noth.

Jsts, daß wir in Reinheit leben,
Wird uns Sünd und Schuld vergeben,
Die uns von Herzen reuen
Und sich nicht mehr erneuen.
Erbarmung und der Gnaden Rath
Von der Höll uns all erlöset hat.

Gott schuf der Geister dreierlei:
Wie es darum bewendet sei,
Das kann ich euch bescheiden wohl;
Niemand anders glauben soll:
Die Engel mögen nicht ersterben;
Die Seelen Ende nicht erwerben;
Vögel, Fisch, vierfüßig Thier
Haben keinen Geist wie wir.
Zu sterben ist ihr Geist verdammt:
So stirbt denn Leib und Geist gesamt.

Dreifach sind Gottes Kinder auch
Nach Christen-, Juden-, Heidenbrauch.
Sie meinen, ihr dreifaltig Leben
Hab ihnen selber Gott gegeben.

Ihr Leben sei krumm oder schlecht,
Sie meinen all sie lebten recht.

Was Gott mit seinen Kindern thut
Zu fragen hieße Thorenmuth.
Sie wollen alle ihren Glauben;
So laß ich meinen mir nicht rauben.

Worauf liegt des Meeres Grund,
Und die Erde? Ist das Einem kund?
Es heißt, der Himmel wären drei;
Die Erd in ihrer Mitte sei.
Das Wunder muß man loben,
Himmel unten, Himmel oben,
Da doch die Erde stille steht,
Wenn sich der Himmel um sie dreht.

Wer mich des bescheiden will
Nach Vermuthen, das heißt Kindesspiel.
Es steht in Gottes Hand zumal,
Der geschaffen hat der Dinge Zahl.

Erd und Himmel sind nicht hohl,
Denn sie sind der Gottheit voll.
Vom Himmel durch der Hölle Grund
Geht sein Reich zu aller Stund;
Auch die Hölle stünde leer,
Wenn nicht Gott darinne wär.

Der beste Raub so vor als nach
Geschah, als Gott die Hölle brach.

An Geschöpfen ist doch Gott so reich,
Keins aber ist dem andern gleich
Beim Weib wie bei dem Manne.
Untern Augen eine Spanne
Sieht man an Jedem andern Schein:
Wie möcht ein Wunder größer sein?
Merkt auf der Stimmen Unterschied,
Denen Gott verschiednen Klang beschied.
Viel hundert Arten Blumen stehn
Von Farben ungleich anzusehn;
Keine Art von Grün ist gar
Der andern gleich, des nehmet wahr.
So viel Arten als die Erde trägt,
Jeder ist ihr Zeichen aufgeprägt.

.

2. Von der Messe.

Ich weiß wohl, daß die Gottheit
So hoch ist, tief und lang und breit,
Kein Gedanke noch ein Mund
Thut seiner Wunder Ende kund.
    Der Sonne Schein reicht weit und breit:
Ihr Licht sie allen Dingen leiht;
Ihres Lichtes wird darum nicht minder,
Weil von ihm sehn der Erde Kinder.
Auch dem Wurm ist sie gemein
Und verbleibt doch immer rein.
Selbst auf den Teufel scheint die Sonne,
Und scheidet doch hinweg mit Wonne.
So was der Priester mag begehn,
Der Messe Reinheit bleibt bestehn;
Man kann mit keinen Sachen
Sie schwächer oder beßer machen:
Die Messe und der Sonne Schein
Bleiben immer licht und rein.
    Ihre Worte haben solche Kraft,
Daß aller Himmel Herschaft

Sich muß den Worten neigen,
Wenn sie zum Himmel steigen.
Zauberworte zwingen Schlangen,
Daß Menschen leicht sie mögen fangen.
Durch Zauberworte meidet
Ein Schwert, daß es nicht schneidet;
Durch Zauber Eisen Keinen mag
Verbrennen, glüht' es all den Tag;
Doch alle diese Worte sind
Gegen die der Messe nur ein Wind.
Dreier Dinge wegen
Soll man Messesingens pflegen:
Gott zu Lob und Ehren,
Der Christen Heil zu mehren,
Und die Seelen all zu trösten,
Die von Pein noch unerlösten.
Zur Messe bringet Mancher vor;
Die Meisten stehen bei dem Thor.
Jedermann die Meß empfäht
Mit dem Credo, wo er immer steht;
Und kämen hunderttausend hin,
Jeglichem wird sie ganz verliehn.
Wer Tausend Eine Messe singt,
Jeder hat sie ganz und unbedingt.
Weib oder Messe, eins von beiden,
Soll der Priester vermeiden:
Das Haus bedarf der Reinheit wohl,
In das Gott selber kommen soll.

Der Priester ist der Schuld befreit,
Wenn er da steht im Engelkleid.
Zum Himmel soll er Botschaft bringen
Für die Christen all beim Messesingen.

Wo man eine Hochzeit hält,
Den Gästen sieben Trachten stellt,
Da mag nicht volle Wirthschaft sein
Ohne Brot und ohne Wein.

Die sieben Tagezeiten auch,
Die Gott zu ehren im Gebrauch,
Sind ohne der Messe Kraft
Vor Gott geringe Wirthschaft.

. Man soll die Pfaffen ehren,
Weil sie das Beste lehren
Und weil uns ihrer Hülfe Noth,
Daß wir empfahn das Himmelsbrot.

Gottes Wort ist segensreich:
Lägs in einem Bottich gleich,
Den Bottich ehren soll man mehr
Als ob er von eitel Golde wär.

Wer recht der Himmelskost begehrt,
Der wird des Wunsches wohl gewährt;
Doch bleibt, der sie nicht recht begehrt,
Wieviel er nimmt, stäts ungewährt.

Wer dreier Dinge trägt Verlangen,
Ohn Urlaub mag er sie empfangen:
Gottes Leichnam, Beicht und Taufe
Sind Jedem frei, doch nicht zu Kaufe.

Der Pfaffen Stand ist ehrenreich,
Obwohl ihr Lob nicht immer gleich:
Thut Einer übel, der Andre wohl,
Ihr Lob man billig scheiden soll.
Doch Einer steh dem Andern bei:
Das ist recht und tadelsfrei.
Die Schuld, der wohl die Pfaffen pflegen,
Ist allein der Weiblein wegen,
Während die Laien sich bekriegen,
Daß Mancher muß dem Tod erliegen;
Raub und Brand ist ihnen Spiel.
Großer Sünden ist gar viel,
Der die Laien sich nicht schämen,
Wo um Amt und Ehre Pfaffen kämen.

3. Von der Seele.

Gott erschafft zu jeder Zeit
Neue Seelen, und verleiht
Sie Menschen, wo sie gehn verlorn.
Wie verdient die Seele Gottes Zorn
Eh sie wird zur Welt geborn?
Diese Frag ist uns ein Dorn:
Christen, Juden, Heiden
Könnens nicht bescheiden.

Wären all in Einer Hand
Die Seelen, könnte Niemand
Sie doch greifen oder sehn:
Mag größer Wunder wohl geschehn?

Man sagt, es sei der Seele leid,
Führt sie der Leib in Sündigkeit.
Doch wär die Seele sonder Schuld,
Verlöre sie nicht Gottes Huld.

Sie ist zu allen Stunden
Mit dem Leibe so verbunden,
Sie muß mit ihm haben Theil
Am Verderben wie am Heil.

Von der Seel alleine lebt
Mir der Leib, die in ihm schwebt.
Wie die Seele beschaffen sei,
Des Wunders werd ich hier nicht frei.
Woher sie kommt, wohin sie fährt,
Die Straße wird mir nicht erklärt:
Hier weiß ich selbst nicht Wer ich bin.
Gott giebt die Seel, er nehm sie hin:
Sie fährt von mir wie eine Blase
Und läßt mich liegen gleich dem Aase.
Von Winden Wunders viel geschieht,
Die auch Niemand greift noch sieht.
Wie groß mag eine Seele sein,
Sie hat doch hier geringen Schein.
Der Nebel deckt ein weites Land
Und füllte doch noch keine Hand;
So mag man auch den Geist nicht sehn
Und muß ihm Kraft doch zugestehn.
Die Hölle und das Himmelreich
Davon ist meine Kunde gleich.
Was hier geschieht, das weiß ich wohl,
Doch nicht was dort geschehen soll.
Wie es dort beschaffen sei,
Davon wohnt mir nur Wähnen bei.
Selbdritter wißen mag ich wohl
Wer ich bin, wohin ich soll:
Gott und mein eigner Sinn
Und der Teufel weiß wohl wer ich bin.

Eins frag ich ohne Hinterlist:
Der immer war und immer ist,
Ob das Jemand je gelesen,
Wer der ist und sei gewesen?
Manches Ding des Wahnes wegen
Soll man laßen unterwegen.
So wer an den Sternen sieht,
Und sagt welch Wunder bald geschieht,
Der sage mir (das liegt zunächst)
Was für Kraut in seinem Garten wächst?
Wenn er mich erst des bescheidet,
Das andre glaub ich unbeeidet.

4. Von dem Menschen.

Dreierlei Menschen kennt die Schrift,
Wie man sie nicht wieder trifft.
Der Erste Mensch war ein Mann,
Der Vater, Mutter nie gewann;
Auch der Andre Vater nicht gewann
Noch Mutter, und kam doch von dem Mann.
Die beiden Wunder größer sind
Als daß eine Magd gebar ein Kind
Von dem, der thun mag was er will:
Gott ist keine Kraft zuviel.
Diesen dritten Mann ein Weib gebar,
Die auch von Mannes Samen war.
Keins wie das andre war gethan:
Solch Wunder wird nicht mehr fortan.
Der aller Geschöpfe Meister ist,
Dem wehrt Niemands Kunst noch List:
Er kann auch, soll es also sein,
Tragen aller Geschöpfe Schein.
Reiner Menschen waren drei,
Und aller Sünde bar dabei:

Adam und Eva, als dritter Christ;
Kein vierter uns gemeldet ist.

Gott Mensch des Menschen wegen ward,
Dem durch Adams Hochfahrt
Verloren war das Himmelreich.
Da that an ihm Gott gnadenreich,
Weil er ihn lehren wollte
Wie er kommen sollte
Zu seines Vaters Hulden
Nach Adams Verschulden.

Wie Leib und Seel im Menschen ist,
So war Gott und Mensch zugleich in Christ.
Der Gott und Mensch in Einem ist,
Messias, ist der wahre Christ,
Dessen Marter uns alle
Erlöste von Adams Falle.

Gott seinen Sohn gesendet hat
Aus Erbarmen nach der Gnade Rath,
Den Menschen zu lehren
Von Sünde sich bekehren.
Wer das nun nicht glauben kann,
Das Seine that doch Gott daran.

Schwer läßt Gott vom Menschen ab,
Für den er Blut und Leben gab.
Gott thut auf Niemand Verzicht,
Verliert der Mensch sich selber nicht.

Alle Menschen sind verloren,
Sie werden dreifach denn geboren:

Die Mutter erſt das Kind gebiert,
Das rein dann durch die Taufe wird;
Zu Gott gebiert uns erſt der Tod,
Allerdings ein ſtreng Gebot.

Von Manchem hört ich weit und breit,
Er pflege großer Heiligkeit:
Als ich ihn ſah, bedauchte mich
Er wäre nur ein Menſch wie ich.

Neun Fenſter ſind an Jedermann:
Viel Reines draus nicht kommen kann.
Die Fenſter über dem Munde
Aergern mich zu mancher Stunde.
Viel iſt an mir, des ich mich ſchäme
Und das ich in den Mund nicht nehme.

Kein Obſtbaum trägt ſo ſchlechte Frucht
Als der Menſchen böſe Zucht.

Wie ſchön der Menſch von außen iſt,
So iſt er doch ein ſchnöder Miſt.
Wie man den Leib auch pflege,
Er muß doch aus dem Wege.
Wie lieb der Menſch uns lebend war,
Der Tod verleidet ihn uns gar.
So ſchön iſt Niemand noch ſo werth,
Er wird ſo, daß Niemand ſein begehrt.

Ein Madenſack iſt unſer Leib:
Verweſung ſcheucht das treuſte Weib
Und der würzigſte Geruch
Verpeſtet unterm Leichentuch.

Den Menschen kann nicht mehr verehren
Wer ihm den Rücken müßte kehren.

Der Mensch aus schwachem Samen wird:
Die Mutter ihn mit Noth gebiert.
Sein Leben ist nur Arbeit;
Gewisser Tod ist ihm bereit.
Wie mag er jemals werden froh?
Im Feuer brennt er weg wie Stroh.

Wer drei Ding erwägen kann,
Der vermeidet Gottes Bann:
Was er war und was er ist
Und was er wird in kurzer Frist.

So sprechen die da sind begraben
Zu den Greisen wie den Knaben:
„Was ihr seid, das waren wir;
Was wir sind, das werdet ihr.
Ihr kommt eher zu uns her
Als wir zu euch, das wißt vorher."

Lebte der Mensch auf immer,
Sein Leib ruhte nimmer:
Das Herz ihm immer klopfen will;
Selten liegt sein Athem still.
Traum und Gedanke setzt ihm zu;
Auch läßt ihm Schwermuth selten Ruh.

Wer Muscat nimmt in den Mund
Und wiederum heraus zur Stund,
Was erst angenehm ihm war,
Wird ihm jetzt zuwider gar.

Da wir uns selber widerstehn,
Wer soll uns Reinheit zugestehn?
　Eh ich der Speise wollte leben,
Die zuerst den Kindern wird gegeben,
Eines wilden Wolfes äß ich eh
Ob es mir wohl thät oder weh.
　Wie weh dem Einen auch geschehe,
Der Andre glaubt ihm nicht sein Wehe.
　Leibliche Schwachheit
Bringt der Seele Herzeleid.
　Mancher schon hat sich bekehrt
Und dann beßer Gott geehrt
Einen Monat still und offenbar
Als hernach noch über zehen Jahr.
　So rein ist mancher Mensch und gut,
Der Gott viel zu Liebe thut,
Daß er übrig noch behält
Des Lohnes und nicht schwer ihm fällt,
Davon zu geben wem er will;
Sanct Peter hat doch Lohns zuviel.
Die Gewalt, die Gott ihm lieh,
Vom Himmel reicht zur Hölle sie:
Genöß er sie für sich allein,
So wäre seine Ehre klein:
Theilen mögen die Heilgen so,
Daß wir mit ihnen werden froh.
Die Christenheit wär schlimm berathen,
Genößen wir nicht fremder Thaten.

5. Von den Juden.

Die Juden wundert es fürwahr,
Daß Christum eine Magd gebar:
Der Mandelbaum verbleibt doch ganz,
Wenn er Nüße bringt nach Blüthenglanz.
Die Sonne wirft durch Glas den Schein:
So gebar sie Christ und blieb doch rein.

Die Juden wundert wie das sei,
Daß Ein Gott ist, der Kräfte drei.
Drei Dinge an der Harfe sind,
Holz, Saite, Klang: ihr Sinn ist blind.
So hat die Sonne Hitz und Schein
Und ist doch Eine Sonn allein.
Niemand vermag zu scheiden
Das eine von den beiden.
So wißt, daß diese Namen drei
Ein Gott ununterschieden sei.

Die Juden wundert allermeist,
Daß Vater, Sohn und heilger Geist
Ein Gott sei ohne Scheiden;
Es wundert auch die Heiden.

Es leuchtet kaum mir selber ein,
Daß drei sollen Einer sein
Und Einer drei. Doch weiß ich wohl,
Daß ich das alles glauben soll.
    Ich sag euch meines Glaubens viel;
Gott mag thun, was er will.
Christ selbst sprach zu den Juden da,
Als er des Kaisers Münze sah:
Ihr sollt Gott und dem Kaiser geben
Ihr Recht, wollt ihr dem Recht nach leben.

6. Von den Ketzern.

Wer Christi Lehre denkt zu sagen,
Der darf sie wohl zu Lichte tragen:
So muß der Ketzer Lehr und Treiben
In Winkeln und im Finstern bleiben.
Erkennen mögen wir hiebei
Wie ihre Lehre beschaffen sei.

Gott hat erschaffen manchen Mann,
Der Glas aus Asche machen kann
Und das Glas kann schöpfen wie er will;
Doch dünkts die Ketzer schon zu viel,
Daß mit seinem Geschöpfe thut
Gott Alles was ihn dünket gut.
So glauben sie auch nicht daran,
Daß man vom Tod erstehen kann.

Daß Gott den Menschen schuf aus Thon
War mehr als sein Erstehen schon.

Wie groß die Zahl der Ketzer sei,
Stimmt Keiner doch dem Andern bei:
Glaubten sie das Gleiche,
Sie bezwängen alle Reiche.

Die Christen neigen allzusehr
Nach der Ketzer falscher Lehr,
Obgleich die selbst verschieden leben.
Man sollte den Heiden Frieden geben
Um dieß erst hier zu schlichten,
Das Andre später dann verrichten.
Darf ichs vor Gott geständig sein,
So dünkt die Zahl mich gar zu klein,
Für die Gott litt der Marter Leid.
Wie nun lebt die Christenheit,
So mag der Zehnte nicht genesen,
Wenn Wahrheit in der Schrift wir lesen.
Soll man Ketzer, Juden, Heiden
Von Gott am jüngsten Tage scheiden,
So hat der Teufel das größre Heer,
Wenn nicht Gnade kommt von obenher.
Eines Dinges hab ich großen Neid:
Daß Gott das gleiche Wetter leiht
Christen, Juden, Heiden
Ohn eines auszuscheiden.

7. Vom Wucher.

Stände hat Gott drei geschaffen,
Bauern, Ritter, Pfaffen;
Den vierten schuf des Teufels List,
Der dieser dreie Meister ist:
Wucher wird er genannt,
Und verschlingt so Leut als Land.

Rein sind der Wucher fünferlei,
Und kein sechstes mehr dabei:
Fische, Honig, Holz und Gras,
Obst, das man stäts für rein ermaß:
Wem Gott der fünfe eins verlieh,
Ohne Sünde wachsen die
Und ohne große Arbeit:
Keine Erde reinre Speise leiht.

Des Wuchers Pflug ist solcher Art,
Daß er Bau'n und Eggen spart;
So gewinnt er auch des Nachts so viel
Als des Tags, wers merken will·
Stäts vor sich geht noch sein Gewinn
Gab die Welt der Ruh sich hin.

Was ein Wucherer auch thut,
So wird ihm Seele, Leib und Gut
Getheilt, wenn er dem Tod erliegt,
Und wird darum nicht erst gekriegt:
Den Würmern ist der Leib beschert;
Die Seele dem Teufel Niemand wehrt;
Die Erben nehmen hin das Gut,
Ob die Seel auch fuhr zur Höllenglut.
Ist die Theilung vorbei,
So gäbe Keiner der drei
Das ihm beschiedene Theil,
Wären ihm beide andern feil.
Der Teufel in der Höllenglut
Fragt nicht nach Leib und Gut;
Dem Erben ward so viel beschert,
Daß er Leib und Seele nicht begehrt.
Die Würmer haben den Gebrauch,
Sie wollen Seel und Gut nicht auch.
So theilte denn des Teufels List,
Daß Jedem seins das Liebste ist.

8. Von Hochfahrt.

Hochfahrt, der Hölle Königin,
Kommt zu einem Jeden hin:
Wie bieder oder bös er sei,
Sie läßt sein Herz doch nimmer frei.
    Hochfahrt, Habsucht und Neid,
Die streiten noch den alten Streit
Wie vor Zeiten an Adamen:
So verdarb sein reiner Samen.
    Hochfahrt steigt noch manchen Tag
Bis sie nicht höher steigen mag:
So muß sie dann wohl fallen;
Die Lehre sag ich Allen.
    Dem Teufel nicht so Liebes ward
Als Unzucht und Hochfahrt;
So ist des Teufels Herzeleid
Demuth, Treu, Ergebenheit.
    Des Armen Hochfahrt ist ein Spott;
Der Reichen Demuth minnet Gott.
    Hochfahrt vertreibt die Tugend,
Zucht ziert edle Jugend.

Hochfahrt, Haß und Geiz dabei,
Die Krone tragen jetzt die drei.
 Ich weiß wohl, daß nie Hochfahrt
Dem heilgen Geist Geselle ward.
 Lucifer verstoßen ward
Vom Himmel wegen Hochfahrt.
 Weil man den Herren flehen muß
(Denn man fällt ihm vor den Fuß,
Thut sein Geheiß ohn allen Spott)
So meint der Thor wohl, Er sei Gott.
 Wer Hochfahrt da vermeiden mag,
Das ist dem Teufel recht ein Schlag.
 Hochfahrt lehrt den kurzen Mann,
Daß er auf den Zehen gehen kann.
 Hochfahrt ist nicht ungewandt:
Sie versteckt sich wohl in schlecht Gewand
Und lauscht hervor darinne
Ohne göttliche Minne.
 Hochfahrt bringt zu Falle
Die sich ihr gesellen Alle.
 Hochfahrt war der erste Fall,
Der vom Himmel fiel zu Thal.
 Hochfahrt rechnet sichs zum Preise,
Wenn sie geht in Hahnenweise.
 Hochfahrt manchmal straucheln muß:
Sie sieht nicht nieder auf den Fuß.
 Hochfahrt kanns nicht meiden,
Gar Manchen zu beneiden.

Hochfahrt hat viel Gebärden,
Die der Weisheit Ruhm gefährden.
    Hochfahrt hat Kranichsschritte
Und viel scheltenswerthe Sitte.
    Von Hochfahrt Mancher wird gelehrt,
Daß er seinen Hals verkehrt
Und nicht ansehen kann
Richtig weder Weib noch Mann.
    Hochfahrt ist der Seele Noth;
Sie stirbt den ewigen Tod.

9. Von der Welt.

Sich selbst besiegt mit Nichten,
Der auf die Welt nicht mag verzichten.
    Was thut die Welt gemeiniglich?
Sie altert und verschlimmert sich.
    Die Welt giebt uns allen
Nach Honig bittre Gallen.
Die Welt ringt so nach Dingen,
Die Gut, Witz, Ehre bringen,
Daß nie ein weltgesinnter Mann
Der dreie noch genug gewann.
    Es mag der Welt nichts süßer sein
Als das kleine Wörtchen Mein:
Was sonst am süßesten ihr ist,
Ermüdet sie nach kurzer Frist.
    Die Süße dieser Welt ist gar
Der Seele Gift; des nehmet wahr.
    Leben, Gut und Ehren,
Das ist der Welt Begehren;
Habsucht, Unmaß, Ueppigkeit
Treibt die Welt in dieser Zeit.

Heute lieb, morgen leid
Ist der Welt Unstätigkeit.

Wer Gott und Welt behalten kann,
Das ist ein seliger Mann.

Niemand es bei Gott entgilt,
Wenn die Welt auch auf ihn schilt.
Kein Leben ist so gut,
Als da man das Rechte thut.
Wer das Rechte hier auf Erden thut,
Der dünkt auch im Himmel gut.

Was der Welt verboten ist,
Das liebt sie zu dieser Frist.
Der dumme weltliche Sinn
Ist der Seele Ungewinn.

Manchen hält die Welt gar werth,
Der Gott zum Freunde nicht begehrt.

Das Lob der Welt hat Niemand nun
Als Die üble Werke thun.

Die Welt wird nun Niemand loben,
Der nicht wüthen will und toben;
Wer Raub und Brand und Mord begehrt,
Untreu und Unzucht, der ist werth.

Die Welt ist leider so gemuth,
Für edel gilt ihr unwerth Gut.

Der Welt Mancher lachen muß,
Erkennt er ihren falschen Gruß.
Das Herz weint zu mancher Stund,
Wenn doch lachen muß der Mund.

Der Leib muß der Welt hier leben:
So soll das Herz zu Gott doch streben.

    Je löser und löser,
Je böser und böser.

Also steht der Welt der Sinn,
So kam sie her, so geht sie hin.

Wie groß weltliche Freude sei,
Todesfurcht ist doch dabei.

Wer da umgeht mit der Welt
Und sich an keinen Meister hält,
Mag der den Sünden widerstehn,
Mir zum Meister will ich den ersehn.

Nichts auf der Welt erschaffen ist,
Das beständig sei auf lange Frist.

10. Von Sünden.

Wir Alle rennen ungescheut
Nach Sünden, die uns Gott verbeut.

Nach Sünden Niemand ränge,
Wenn man uns zu sündgen zwänge.

Wer da sündigt ohne Scheu,
Dem wird das Herz nicht wieder neu:
Wer noch Furcht zu sündgen hat,
Mit dessen Seele wird wohl Rath.

Wegen Sünde, Schande, Schaden
Will Mancher nicht sein Herz beladen:
Wären die drei Furchten nicht,
Uns käm von Unthat mehr Bericht

Wie der die Seele tödtet,
Der sich zu sündgen nöthet!

Wer sündgen will so viel er mag,
Das ist des Leibes wie der Seele Schlag.

Wem Sündgen Seligkeit verleiht,
Das ist die gröste Unseligkeit.

Wer der Sünden Buß aufs Alter spart,
Hat die Seele nicht wohl bewahrt.

Niemand ist unrein
Als von Sünden allein.

Wer Seine Missethat beachtet,
Läßt mich um Meine unverachtet.

Nähm er Seiner Sünden wahr,
Schwieg' er wohl der fremden gar.

Der rügt gern Andrer Missethat,
Der hundertfach so große hat:
Von den hundert will er wißen nicht,
Wenn er ihm von der einen spricht.

Wir möchten Sünden viel verstehlen,
Wollt uns der Teufel helfen hehlen.

Wir sollten uns der Sünden schämen,
Statt daß wir sie zum Spiele nähmen.

Wie man vor Sünden sich bewahrt,
Es frommt uns stäts zur Himmelfahrt.

Wie heimlich Einer missethue,
So läßt ihm doch die Furcht nicht Ruhe.

Sünd ich selten kaufen will:
Umsonst wohl find ich ihrer viel.

Trägt Jemand Haß der Sünden wegen,
Der darf sich nicht in Ruhe pflegen.

Sünd ist süße Arbeit;
Doch giebt sie stäts nach Liebe Leid.

Wem Sünd als Buße wird gegeben,
Der möchte gerne immer leben.

Gott getraun wir Alle wohl,
Und Mancher mehr als er soll:

Wer Sünden nicht vermeiden will,
Der traut Gott wohl allzuviel.

Nichts bringt so sehr Unsegen,
Wie sich aufs Läugnen legen:
Wer mit Sünden ist beladen,
Der soll in Herzensreue baden.

Reu ist aller Sünden Tod,
Sie bringt die Sünder aus der Noth.

Wo Gott die wahre Reue sieht,
Da stirbt die Sünde oder flieht.

Wie groß des Sünders Missethat,
Die Gnad ist größer, die Gott hat.

Wo Waßer auf zu Berge steigt,
Da wird dem Sünder Gott geneigt:
Ich meine jenes, das verborgen
Zu den Augen steigt aus Herzenssorgen.
Dieß Waßer hat gar leisen Gang;
Doch hört es Gott durch Preisgesang.

Die Zähren, die von Herzen kommen,
Löschen die Missethat der Frommen,
Die der Mund nicht wagt zu sprechen,
Noch der Teufel einst darf rächen.

Ist rein das Thun, der Glaube rein,
Das schmelzt den Berg der Sünden ein
Wie die Hitze schmelzt den Schnee;
Ungläubigem bleibt immer weh.

Wer seine Sünde weinen mag,
Das ist der Sünden Sühnetag.

Kein Sünder tröste sich damit,
Daß der Schächer Gnad erstritt
Durch ein Gebet, das er zu Christ
Am Kreuze that in kurzer Frist:
Hätt er eher Gott erkannt,
Er hätt an Gnad ihn eh gemahnt
Wer auf den Trost die Reue spart,
Der fährt gar leicht der Thoren Fahrt.

Vermeßen hört man Thoren sich:
„Bekehren will ich nächstens mich,
Und was ich Sünden je begangen,
Will ich dann an den Nagel hangen."
Solchen Rath der Teufel räth;
In der Falle reut es ihn zu spät.

Er ist dumm, der hier sich beßern mag,
Spart er's bis zum jüngsten Tag.

Wer Sünde läßt bevor sie ihn,
Der Weisen Straße zieht der hin.
Wer den Sünden folgt bis an den Tag,
Wo er nicht mehr sündgen mag,
Den läßt die Sünde, Er sie nicht;
Zu Vielen leider so geschicht.

Wer von Sünden feiern mag,
Begeht den rechten Feiertag.

Niemand thut so Unrecht
Als es thut der Sünden-Knecht.

Wer das Rechte lehrt, das Rechte thut,
Bekehrt den Sündern den Muth.

Meiner eignen Sünden ist so viel,
Daß ich die fremden nicht noch will.

Die Wunde nimmer heilen wird,
So lang das Eisen in ihr schwiert:
Trägt Einer noch der Sünden Last,
So bleibt ihm Freud ein seltner Gast.

In Sünden sündigt Jugend viel,
Die sie nicht Sünde heißen will:
So geschieht leicht durch des Teufels Rath
Eine ungefüge Missethat.

Große Sünde thut so weh,
Sünde, längst vergeßen eh,
Wird ihm in der wahren Reu
Mit Gedanken wieder neu.
So beklagt er, was er hat gethan,
Und läßt ihn Gnade Gott empfahn.
Da hat der Teufel selber sich
Verrathen, bedünkt es mich.

Noch keine Sünde ward so groß,
Die Reue beut ihr Gegenstoß.

Was Gutes auch ein Mann begeht,
Der mit Todsünden sich belädt,
Diese Güte gar verdirbt,
Wenn er ohne Reue stirbt.
Geschieht es, daß er sich bekehrt,
Und darnach die Gutthat mehrt,
Die Güte, die erst schien verdorrt,
Grünt wieder frisch und wuchert fort

Und blüht recht wie ein Mandelbaum.
Vor Gott wird seine Sünd ein Traum.

Des Kranken Reue wenig frommt,
Wenn ihm der Tod zu nahe kommt,
Weil er von der Reue läßt,
Sobald das Herz er fühlt gepreßt.
Er klagt dann nur des Herzens Noth:
So verleitet ihn der Tod.

Wer da sündigt ohne Reu,
Verfällt in Sünde täglich neu.

Wer mit Gewalt unrechtes Gut
Erringt, wie so Mancher thut,
Der lockt die Sünde selbst herbei:
Angeborner Sünde ist er frei.

Wer zu sündiger That
Den Freund verführt durch seinen Rath,
So drückt die Sünde selbst auf ihn,
Zu der er seinen Rath geliehn,
Und drückt doch den nicht minder hart,
Von dem die That begangen ward.

Gott kann nicht thun zwei Dinge,
Die ich leider fertig bringe:
Ich finde meinen Beßern hie;
Ich sündge: beides that Er nie.

Waßer löscht des Feuers Glut;
Almosen geben Gleiches thut:
Es kann der Sünde Gluten stillen,
Giebt man es mit gutem Willen.

Dem Almosen wird Lohn verhängt,
So froh der ist, der es empfängt,
So viel des ist, das man verleiht,
Als Noth es ist in Hungerszeit.
Wer es mit gutem Willen bot,
Der empfängt das volle Loth.

Almosen bittet für den Mann,
Der selbst nicht für sich bitten kann.

Man sagt, wer für den Andern bitt,
Erlöse selber sich damit.

Wer eine falsche Beichte thut,
Dem wird der Ablaß selten gut.

An mir wächst das ganze Jahr
Sünde, Nagel und Haar.

Sünde Niemand mag vergeben
Ohne Reu und rechtes Leben.

Zu kurzer Lust die Sünde frommt,
Nach der gar lange Reue kommt.
Wie wird das Herz der Scham ihm voll,
Wenn ers dem Priester beichten soll.
Darnach thut große Reu ihm weh:
Wie selig, die's bedenken eh!

Müst auch Sünde nicht gereun,
Dennoch müßten wir sie scheun
All der Unreinheit wegen,
Der die Sünder müßen pflegen.

11. Von den Reichen und Armen.

Ich sehe, mich erfreuts genug,
Oft Reiche dumm und Arme klug.
Niemand ist reich ohn arge List
Als wer gerne arm ist.
Hat ein reicher Mann Gewalt,
So üb er Gnade manigfalt.
Man soll sich gern erbarmen
Ueber die edeln Armen.
Wenn ein Reicher theilen will,
Der findet nächster Freunde viel.
Reichthum, der Niemand fröhlich macht,
Dem ist kein Glück zugedacht.
Wer sich einem reichen Mann
Zugesellt, verliert daran:
Die Armen wie die Reichen
Suchen ihres Gleichen.
Der reiche Freund ist immer werth;
Des armen Niemand begehrt.
Wird dem Mann das Gut genommen,
So muß er auch von Freunden kommen.

Ein wackrer Mann soll ruhig tragen
Seine Armut, nicht zu heftig klagen.
Die Freunde haßen ihn zur Stund,
Wird ihnen seine Armut kund.

Werden arme Leute reich,
Ihr Uebermuth ist ohne Gleich.

Das Wünschen selten Einer spart,
Der nie davon noch reicher ward.

Kein Meer davon noch größer ward,
Daß eine Gans das Waßer spart,
Wie es kein Land auch ehren kann,
Wohnt drin ein reicher karger Mann.

Wer Weisheit, Ehre, Reichthum mehrt,
Dem wird mehr Arbeit nur beschert.

Die Geizgen und die Reichen
Mag man dem Meer vergleichen:
Wie viel des Waßers geh zum Meer,
Doch hätt es Waßers gern noch mehr.

Die Waßersucht und das Meer
Weiß vor Durst sich keine Wehr.

Wie oft das Meer auf Waßer dringt
Beim Born, dem wenig nur entspringt,
So heischt auch wohl ein reicher Mann
Vom Armen mehr als er gewann.

Was frommt dir, reicher Mann, dein Gut,
Wenn dich der Tod nimmt in die Hut?

Noch selten war ein reicher Mann,
Der an den Kindern nicht gewann

Einen Feind über zwölf Jahr
Still oder offenbar.

Die Thränen bald getrocknet sind,
Die des reichen Mannes Kind
Weint an seines Vaters Grab:
Es wischt den flüchtgen Thau wohl ab;
Jedoch des armen Mannes Kind
Tröstet sich nicht so geschwind.
Seine Thränen fließen lange
Mit Jammer über die Wange.

Der Arme dünkt der Sinne bloß;
Der Verstand des Reichen groß.
Die Reichen alle weise sind;
Die Armen sind an Sinnen blind.

Armut scheint nicht tugendhaft,
Weil ihr zu geben fehlt die Kräft.

Arme Scham ist eine Noth,
Die oft färbt die Wangen roth.

Armut mit Würdigkeit
Ist verborgen Herzeleid.

Böse Sitte bei Geringen
Muß sie bald darniederringen.
Reichen Wäldern ists kein Schade,
Ob sich ein Mann mit Holz belade.
Einem Reichen ists ein Hälmchen Stroh
Und macht doch einen Armen froh.

Den Armen rath ich, wie sie leben,
Mit gutem Willen nur zu streben.

Wer nach des Mannes Sitte räth,
Der frommt ihm, daß er nicht mißräth.

Wem genügt, was ihm genügen soll,
Dem ist mit seiner Habe wohl.

Dem Armen ist nicht mehr gegeben
Als frommer Wunsch und übles Leben.

Großen Schatz zusammenbringen
Mag man jetzt mit keinen Dingen
Ohne Sünd und ohne Schande;
Die Herren wißens wohl im Lande.

Manch armer Herr hat Tugend viel:
Dem setzt der Reichthum bald ein Ziel.

Fröhliche Armut
Ist großer Reichthum ohne Gut.

Dächten alle Leute gleich,
So wäre Niemand arm noch reich.

12. Von Treue und Untreue.

Wer da weint zugleich und lacht,
Der wird der Untreu verdacht.
Untreue schilt mancher Mann,
Der selbst sie nicht vermeiden kann.
Wider Untreu ist nichts so gut,
Als daß man selbst getreulich thut.
Mit dem ungetreuen Mann
Niemand sich versühnen kann.
Sich sühnen falsche Leute
Außerhalb ihrer Häute.
Man sieht nun leider selten
Mit Treue Treu vergelten.
Mancher scheint von Außen glanz,
Der innen falsch ist und nicht ganz.
Wer eine Untreue that,
Der begieng auch andre Missethat.
Ungerechter Gewinne
Und unrechter Minne
Und der Untreu ist so viel,
Daß sich Niemand ihrer schämen will.

Viel der Leute hör ich klagen,
Der Treue Münze sei verschlagen.
Wo Falsch und Untreu streiten,
Da taugt es nicht auf beiden Seiten.
Wer immer unbeständig ist,
Bei dem ist sonst auch falsche List.
Es macht oft ein falscher Gruß,
Daß man mit Falsch entgegnen muß.
Falscher Mann mag nimmer baun
Auf wackre Leute gut Vertraun.
Es fließt manchen Leuten Falsch
Ohne Kupfer durch den Hals.
Den größten Falsch, den Jemand hat,
Deckt ein leicht Gewand ihm glatt.
Falsche Freundschaft
Hat an Treue wenig Kraft.
So ganz heilt keine Wunde,
Daß man nicht mehr säh die Schrunde.
Wenn die Schlange ließ die Haut,
Sie sticht der Dorn, sie schmerzt das Kraut.
Schafft ihr alsdann die Thorheit Pein,
Sie schlüpfte wieder gern hinein,
Denn wie sie gehn und kriechen mag,
Kommt ihr der nackte Schwanz zu Tag.
So der auch, welchen falscher Rath
Verführt zu schnöder Missethat:
Wie gern er sie zurück nun thäte,
Kommt doch die Reue jetzt zu späte.

Wie ängstlich er hernach sich wahrt,
Fingerzeigen bleibt ihm nicht erspart.

Judas zweimal auch getauft,
Hätte dennoch Gott verkauft;
Mancher thät es noch für Lohn,
Daß er verriethe Gottes Sohn.

Ob Einer manches Gute thu,
Kommt Eine Missethat dazu,
Der Gutthat wird vergeßen,
Die Missethat gemeßen.

Da nun Vater und Kind
Untreu zu einander sind,
Bruder dem Bruder widerstrebt,
Oheim mit Neffen übel lebt,
Und die ungetreue Welt
Sich keiner Sünde mehr enthält,
Denn ob Treue wird gebrochen,
Von Niemand sieht man das gerochen
(Raub und Brand scheut kein Gericht,
Man fürchtet König und Kaiser nicht:
Acht und Bann sind Thorenspott:
Man läßt um sie nichts noch um Gott):
Da sich römische Ehre neigt
Und der Unglaube steigt,
So sollt ihr wißen ohne Streit,
Uns kommt alsbald des Fluches Zeit.

Wer Falsch schlägt und hat geschlagen,
Der muß der Andern Falsch ertragen.

13. Von Dieben.

Hilft ein Dieb dem andern hehlen,
Die mögen beide gleichviel stehlen.

Kein Dieb erkühnte sich zu stehlen,
Könnt er läugnen nicht und hehlen.

Jeder Dieb weiß gar wohl
Wie er die Deube läugnen soll.

Schwer mag der Dieb dem Diebe hehlen,
Daß er auch versteht zu stehlen.

Da frommt nicht viel der Freunde Hehlen
Wo mich die Feinde sehen stehlen.

Was selbzwölfter wird gestohlen,
Das bleibt nicht leicht ein Jahr verhohlen.

Bös ist ein Dieb uns nahe bei,
Denn selten bleibt der Nachbar frei.

Schilt Ein Dieb den Andern Dieb,
Das wär den nächsten Nachbarn lieb.

Meinen Schatz verberg ich nicht
In des Diebes Angesicht.

Nüße sind schwer zu stehlen:
Ein Sack müßte jede hehlen.

Mäuse soll man fangen,
Diebe soll man hangen.

Der Dieb geräth in Angst und flieht,
Wo er Zweie flüstern sieht.

Wer einen kleinen Diebstahl thut,
Der stähl auch leicht ein großes Gut

Man weiß, der Zänker und der Dieb
Sind selten guten Leuten lieb.

Ein kluger Dieb muß sorglich hehlen
Was er auf seinen Leib will stehlen.

Niemand wähn in seinem Muth
Wucher, Raub, gestohlen Gut
Möge Gott gefällig sein:
Er haßt es stäts als unrein.

Wo mans die Richter halten sieht
Mit Dieben, wie das wohl geschieht,
Das kommt dem Dieb zu Gute,
Den Galgen schont und Ruthe.

Feile Weiber, Zorn und Spiel
Machen dummer Leute viel.

Frauen und dem Spiel zu lieb
Wurde mancher Mann zum Dieb.

.

14. Vom Spiele.

Vom Spiele kommt zu mancher Zeit
Fluch und Zorn im Wettestreit.

Ich spreche nicht, daß Wer es thu,
Denn Untreu viel gehört dazu.

Ihr Pfand muß oft zur Wette stehn,
Die mit Würfeln pflegen umzugehn.

Würfel, Roß und Federspiel,
Ihrer Treue ist nicht viel.

Spiel thut manchen Leuten leid:
Es lehrt sie Verschlagenheit;
Wenig Zucht ist dabei
Und bleibt vor Schand auch selten frei.

Durch Spielen hebt sich große Noth,
Vom Spielen bleibt auch Mancher todt.

15. Von Dienst.

Guten Knechten rath ich wohl:
Keiner gerne finden soll;
Er soll auch nichts verlieren:
So mag ihn Treue zieren.

Wer gern findet, gerne stiehlt,
Wer gern verliert, gerne spielt.

Müßiggang hat das Recht,
Er macht manchen übeln Knecht.

Kleiderpracht, unmäßge Speise
Machen manchen Mann unweise.

Ist des Herren Wille gut,
Den er dem Knecht zu wißen thut,
So sündigt wider Gott der Knecht,
Der Ungehorsams sich erfrecht.

Der Augendiener dienet nicht
Als zu des Herren Angesicht.

Wo Knechte Kinderlehrer sind,
Da verdirbt manch edel Kind.

Kröch ein Schalk in Zobelbalg,
Er bleibt doch auf die Läng ein Schalk.

Der Schalk, der zu hoch gestiegen,
Muß zum Fall sich niederbiegen.

Der Horcher ist dem Herren lieb,
Und stiehlt doch Ehre wie ein Dieb.

Der Horcher schadet manchem Mann,
Dem er wenig frommen kann.

Jaherren sind darauf gestellt,
Sie loben, was dem Herrn gefällt.
Das ist ein ungetreuer Brauch:
Der Herr wird nur damit zum Gauch.

Wer zwei Herren dienen soll,
Bedarf gutes Glückes wohl.

Wo man Lohn für Dienste hat,
Da soll man dienen, ist mein Rath;
Oft man Lohn für Dienst vergißt:
Da würde beßer Dienst vermißt.

Neue Besen kehren wohl
Eh sie Staubes wurden voll.
Neuer Diener Gleiches thut;
Gar willig ist sein erster Muth.

16. Von Recht und Unrecht.

Wer Unrecht läßt für Recht geschehn,
Der muß vor Gott zu Rechte stehn.
Vor Gott wird sein nicht wohl gedacht,
Der da Recht zu Unrecht macht.
Daß mich Krummes dünke schlecht
Und mich Unrecht dünke recht,
Banne man mich immer,
Den Glauben theil ich nimmer.
Nun merkt, wer unschuldig ist,
Den kann keines Menschen List
Mit keiner Art von Sachen
Vor Gott schuldig machen.
Wer wißentlich sich dem gesellt,
Der ungerechte Kriege hält,
Was Unrecht drum geschieht im Land,
Des Seele steht dafür zu Pfand.
Ich harr, ob Unrecht wird zergehn,
Und sehs nur mehr und mehr geschehn.

17. Vom Alter.

Wir wünschen Alters alle Tage,
Und kommt es, giebt es nichts als Klage.
Alter bringt uns Noth und Streit;
Minne sehnlich Herzeleid.
Alter Leute Minne
Hat viel Kummer zum Gewinne:
Ihn kümmert, daß ers laufen muß;
Ihn kümmert ihr unholder Gruß;
Ihn kümmert, wenn ers recht bedenkt,
Daß er die Seele hat gekränkt.
Wer dem Alter wie der Jugend
Ihr Recht bewahrt, das heiß ich Tugend.
Die Jugend nur nach Freuden strebt;
In Sorgen weises Alter lebt.
Das Alter sehnt sich nach der Jugend:
Die Jungen wünschen alter Tugend.
Singen, springen soll die Jugend,
Die Alten walten alter Tugend.
Haben Alte jungen Muth,
Die Jungen alten, thuts nicht gut.

Wo man lobt den alten Brauch,
Schilt man damit den neuen auch.

Der Jungen Lob wirds mehren,
Wenn sie das Alter ehren;
Doch große Tugend ists des Alten,
Der Jugend was zu gut zu halten.

So jung ist Niemand noch so alt,
Daß er sein selber hat Gewalt.

Wer seines Mundes hat Gewalt,
Der mag mit Ehren werden alt.

18. Von Adel und Tugend.

Eine Tugend liebt die andre Tugend:
Eine Jugend auch die andre Jugend.

So in Alter als in Jugend
Ziemt nichts so sehr als Zucht und Tugend.

Ein Mann soll schweigen in der Jugend,
So behält das Alter Tugend.

Scham ist eine große Tugend:
Sie beßert Alter und Jugend.

Jugend mag Niemand zähmen,
Sie wolle sich denn selber schämen.

Wer Lügens sich nicht schämen will,
Der folgt einem bösen Spiel.

Wer Lügen nicht den Mund verrammt,
Der hat ein ungetreues Amt.

Wer ohne Scham lebt, ohne Ehre,
Den freut' es, wenn so Jeder wäre.

Mancher, der nach Ehre heißt,
Sich doch der Ehre selten fleißt.

Wovon man seine Ehre hat,
Sich dessen schämen, ist Missethat.

Doch schämt Mancher sich der Ehren,
Die sein Stand ihm mag gewähren.

Die Scham bleibt keinem Stande fern
Als dem der Frauen und der Herrn.

Furcht macht den Löwen zahm;
Der Ehren Besen ist die Scham.

Es frommt nicht furchtlose Jugend:
Niemand ist edel ohne Tugend.

Wer ohne Furcht wird erzogen,
An dem ist Tugend betrogen.

Laßt ohne Furcht die Diener nicht:
Ihr thut auf Ehre sonst Verzicht.

Alle Ehr an dem verschwindet,
Der nicht Zucht noch Meister findet.

Niemand noch je an Zucht verdarb
Wie oft sich Unart Schand erwarb.

Sich mag mit Thun und Tichten
Ein Mann zu Grunde richten,
Der nicht von Ehren schiede,
Wenn er Unart miede.

Bösem Sinne widerstehn,
Die Tugend muß vor allen gehn.

Wer Tugend hat ist wohlgeboren;
Ohne Tugend Adel gar verloren.

Wer da eigen oder frei,
Ob von Geburt nicht edel sei,
Er soll sich edel machen
Mit tugendlichen Sachen.

So volle Tugend Niemand hat,
Daß er nicht kenne Missethat.

Wer die Sonne will erreichen,
Der darf nicht träge schleichen:
So mag in kurzen Weilen
Man Tugend nicht ereilen.

Ohne Klaun ein Federspiel,
Darnach sehn ich mich nicht viel,
Wie auch mein Herz dahin nicht strebt,
Wo man ohne Tugend lebt.

19. Von Blinden.

Wer Blinden winkt, der ist ein Gauch,
Wer Tauben zuraunt, ist es auch.

Der Stumme, der nicht sprechen mag,
Er kann doch beten Tag für Tag.

Dem Blinden ist im Traume wohl;
Wachend ist er Leides voll.

Sein Tasten gäb ein Blinder nicht,
Daß dem besten Freund käm sein Gesicht.

Mancher seine Augen misst,
Des Herz doch nicht erblindet ist.

Wie soll der Blinde sich beschützen,
Führt sein Geleiter ihn in Pfützen?

Ein Blinder geht dem Andern vor:
Da liegen beide bald im Moor.

Will Ein Blinder sich am Andern haben,
Die fallen beid in Einen Graben.

20. Vom Honig.

Des Honigs Süße verdrießt,
Wenn man zuviel davon genießt.
Nun seht, wie süß der Honig sei,
Des Stachels ist er doch nicht frei.
Des Honigs Süße wäre gut,
Schad, daß so weh der Stachel thut.

21. Von Gewinn und Gut.

Auf Minne nur und auf Gewinn
Steht der ganzen Welt der Sinn:
Noch süßer sind Gewinne
Den Meisten doch als Minne.

Wie lieb auch seien Weib und Kind,
Gewinne noch viel lieber sind.

Jemehr der Mann des Guts gewinnt,
Jemehr das Gut er wieder minnt.

Des Mannes Sinnen
Ist zu gewinnen.

Wo des Mannes Herze wohnt,
Da liegt sein Hort, ist man gewohnt.

Niemand möchte seinen Muth
Gerne wechseln um Gut.

Wer reich wird am Gute,
Der verarmt am Muthe.

Das Gut allein mag heißen gut,
Womit man das Rechte thut.

Keinem der zum Herren ziemt,
Der sein Gut zum Herren nimmt.

Ist ein Mann des Gutes Knecht,
Der hat immer Schalkes Recht.

Um Gut wirbt Mancher manchen Tag:
Es wird dem, den er nicht leiden mag.

Leicht gewonnen Gut
Macht üppigen Muth.

Das Gut sich schwer verhehlen kann,
Es spricht zu oft nur aus dem Mann.

Man ehrt das Gut an manchem Mann,
Der Geist und Ehre nie gewann.
Man ehrt auch leider reichen Knecht .
Vor armen Herren wider Recht.

Fragen ist nicht sehr beliebt,
Wie ers Gut gewann, wenn er es giebt.

Mancher rechnet des Andern Gut,
Der selten wohl mit seinem thut.

Niemand Ritter bleiben mag
Dreißig Jahr und einen Tag,
Ihm gebricht wohl Gutes,
Lebens oder Muthes.

Wo ein Herr verliert sein Gut,
Das beschwert ihm oft den Muth.

Der Mann ist elend ohne Gut,
Was er auch kann, was er auch thut.

Keines Gutes ist zu viel,
Womit man Gutes wirken will.

Wer Gut mit Mühen hat erreicht,
Groß Wunder wäre, ließ' ers leicht.

Zum Gewinn ist Mancher klug,
Der zur Ehre Witz nicht hat genug.

Manches Gut ist so unwerth,
Daß es Gott nicht begehrt,
Daß es ihm geboten werde
Im Himmel oder auf der Erde.

Wer sein Gut behält, wenn er es hat
Mit Recht, das ist nicht Missethat.
Sei es wenig oder viel,
Er mag es geben Wem er will.

Man soll nach Gute werben
Als gält es nie zu sterben,
Um es milde hinzugeben
Als bliebe man nicht Wochen leben.

22. Von Sorgen.

Rost frißt Stahl und Eisen,
Wie Sorge thut den Weisen.
Sorge macht graue Haare:
So altert Jugend ohne Jahre.

Weder König noch Königin
Leben ohne Sorge hin.

Gedenken, Hören und Sehn
Bleiben nicht unvermindert stehn.

In gleichem Muthe Niemand mag
Verleben einen halben Tag.

Wer um alle Dingen sorgen will,
Der hat des Leides billig viel.

Wer Andere zu fürchten hat,
Der wird der Sorgen übersatt.

Die Biedern sorgen heute
Um Ehre, Gut und Leute,
Die Minner um Minne,
Die Giergen um Gewinne:
So sorgt der Thor alle Tage
Nur wie er Brei erjage.

Mich grüßen immer Sorgen
Zuerst an jedem Morgen.
  Der Morgen sieht von Sorgen bleich:
So ist der Abend freudenreich.
Hätte der Abend was er begehrt,
Er wäre tausend Morgen werth.
  Wer den Sand und der Sterne Schein
Zählen will, muß fleißig sein.

23. Von Aerzten und Siechen.

Zu Kranken paßt der Arzt und Wunden,
Ihn missen gerne die Gesunden.
Die Aerzte stimmen überein
Wie Glockenschlag, ich meine: nein.
Ein siecher Arzt erhielte sich
Selber lieber noch als mich.
Wenn ich so weisen Arzt mir fände,
Dem gäb ich gern mich in die Hände,
Der in die Leute könnte sehn:
Dem wollt ich Kunst wohl zugestehn.
Es bekommt dem Siechen selten wohl,
Wenn ihn der Arzt beerben soll;
Er läßt ihn gerne sterben,
Will er sein Weib erwerben.
Enthaltung ist die beste List,
Die in Arzneibüchern ist.
Dem Leibe helf ich Tag um Tag,
Dem doch Niemand helfen mag;
Die Seele laß ich unterwegen:
Es frommte, wollt ich ihrer pflegen.

24. Vom Neide.

Die neidigen Herzen
Gewinnen vielfach Schmerzen.
Neid thut Niemand Herzweh an
Als dem neidigen Mann.
Gelb, grün, veilchenblau
Ist der Neidfarbe Schau.
Wo ein Dorf ist ohne Neid,
Das liegt wohl öde jederzeit.
Wenn erst zwischen Klosterwänden
Zorn und Haß und Neid sich enden,
Dazu Verläumbung, Wortverdrehn,
So kann die Welt nicht lang bestehn.
Niemand mag auf lange Zeit
Große Ehre haben ohne Neid.
Wer Alles denkt zu rächen
Was sie Uebels von ihm sprechen,
Mag ohne Streit nicht alten,
Muß immer Kampfes walten.
Neid erhub sich und Streit
Im Himmel in der ersten Zeit:
Das Wunder ist darum nur klein,
Stellt Neid sich auch auf Erden ein.

25. Von Lob.

Merket, wer sich selber lobt
Ohne Beifall, daß der tobt.

Mein eigen Loben frommt mir nicht,
Wenn Niemand Ja dazu spricht.

Sich selber Niemand loben soll:
Wer bieder ist, dem glaubt man wohl.

Wer sich loben will allein,
Dessen Ehr ist gerne klein.

Das Lob der Welt noch Keinem ward
Ohne Schmeicheln, Heucheln, Hochfahrt.

Im Tode lobt man manchen Mann,
Der lebend selten Lob gewann.

Mancher lobt ein fremdes Schwert,
Hätt ers daheim, es wär nichts werth.

Wem daheim gut Lob bereit,
Das ist die größte Würdigkeit.

Lob verträgt wohl Jedermann;
Schelten Niemand leiden kann.

Wem das Lob der Welt gebührt,
Verdient Lob, wenn ers zu Ende führt.

Was zu wenig und zu viel,
Beides ich nicht loben will.

Genug ist beßer als zuviel,
Wenn man es wohl bedenken will.

Manches gilt jetzt für ein Loben,
Das sonst gegolten hat für Toben.

Was man lobt an dem Mann,
Da wendet er den Fleiß daran.

Da mag mir Leichtsinn nicht gefallen,
Wo man sich kann zu Tode fallen.

Meines Widersachers Mund
Lobt mich zu keiner Stund;
Und wenn er Gutes von mir spricht,
So geht es ihm von Herzen nicht.

Ob aus Gründen oder Haß,
Man lobt jetzt Niemand ohn ein Daß.

Niemand soll zu langer Frist
Loben was zu schelten ist.

Allzuleicht spricht der Mund
Was den Herzen nicht kund.

.

26. Von Schelten.

An sich selber findet Jedermann
Genug zu schelten, wers merken kann.
Das Schelten unterbliebe,
Wenn er Selbsterkenntniß triebe.

Will Einer wißen Wer er sei,
Der schelte seiner Nachbarn drei:
Wenn ihm die Zweie das vertragen,
Der Dritte wird es ihm wohl sagen.

Ich schelte das an manchem Mann,
Was ich selber nicht vermeiden kann.

Freie Gabe soll man nicht
Schelten, was doch oft geschicht.

Wen ich schelte, schilt mich wieder:
So sind wir beide zuletzt nicht bieder.

Wer schilt wider Schelten,
Der will mit Schelten vergelten.

Wer schilt was man loben soll,
Lobt auch Böses: beides ziemt nicht wohl.

Sei ein Ding auch noch so gut,
Doch schilt es wohl Wers gerne thut.

Sein Land Niemand schelten soll,
Noch seinen Herren: das steht nicht wohl.

Der Lüge mag man nicht entgehn,
Muß auch Schelten überstehn.

Wer sich gewöhnt ans Schelten,
Der mag es wohl entgelten.

Wer auf Schelten war bedacht,
Der nehme seine Nas in Acht,
Und die Zunge, die's gesprochen:
An den beiden wirds gerochen.

Wir schelten gern der Andern Leben
Bis daß wir selbst im Hohne schweben.

Ich schelte nicht was Jemand thut,
Macht er nur das Ende gut.

27. Von Gesellen.

Drei Gesellen, wißet das,
Halten sich nicht frei von Haß.

Freund' ich gerne haben will,
Jedoch Gesellen nicht zuviel.

Zu schweigen wird man klüger wählen
Als Geklätsche sich erzählen.

Wer kennen lernen will den Mann,
Der nehm ihn zum Gesellen an.

Keine Gesellschaft mag bestehn,
Wenn die Herzen auseinander gehn.

Zum Gesellen mag ich den nicht haben,
Der lauert, fall ich in den Graben,
Daß er mich niederdrücke,
Nicht auf die Füße rücke.

28. Von Zorn.

Süße Rede mindert Zorn;
Wer recht thut, der ist wohlgeborn.

Guten Reden ist hienieden
Der höchste Werth beschieden.

Des Mannes Witz ein Ende nimmt,
Wenn großer Zorn ihn verstimmt.

Bleibst du im Zorne wohlgezogen,
So hat Zucht Unzucht betrogen.

Im Zorne rächt sich der Thor;
Der Weise geht zu Rath zuvor.

Thöricht, wer so rächt den Zorn,
Daß er selber geht verlorn.

Wer im Zorn fragt, wer der Andre sei,
Der ist selber guter Witze frei.

Im Zorne redet leicht ein Mann
Das Schlimmste, das er reden kann.

Gelüst, Neid, Hochfahrt und Zorn,
Die sind uns leider angeborn.

Zorn in lieber Freunde Herzen
Weiß der Biedre zu verschmerzen.

Wer sich selber will erstechen,
Um damit sein Leid zu rächen,
Der hätte sich nicht wohl gerochen,
Indem er selber sich erstochen.

Wer mir zu Leide schändet sich,
Das gereut ihn eher wohl als mich.

Leicht zu tragen ist das Leid,
Das uns geschieht nach Würdigkeit;
Doch das Leid geht dem Herzen nah,
Das uns unverdient geschah.

Was mir das Allerleibste ist,
Dawider frommt mir keine List:
Ich muß daran gedenken
Und mich darüber kränken.

Das dünkt mich nicht ein weiser Muth,
Der sich selber Schaden thut
Seinem Nachbarn zu Leide;
Es gereut sie billig beide.

Herzeleid und Freude kann
Man nicht theilen mit anderm Mann.

29. Von Himmelreich und Hölle.

Mancher leidet vor dem Tod
Um die Hölle größre Noth
Als um das ewge Himmelreich;
Und doch lohnen die nicht gleich.
Drei Straßen nach der Hölle gehn,
Die allwegen offen stehn.
Der Selbstmord schlägt die erste ein,
Denn er führt zur Höllenpein;
Die andre geht wer übel thut
Und dünkt sich noch, als wär er gut:
Die dritt ist breit und so bestellt,
Es fährt auf ihr die halbe Welt.
Was meist die Welt zur Sünde treibt,
Ist der Trost, der eitel bleibt,
Bekehren werde sie sich noch:
Zur Hölle zieht der Trost jedoch.
Wen solcher Trost zum Sündgen bringt,
Der verdient, daß ihm mißlingt.
So führen auch zum Himmelreich
Drei Weg einander wenig gleich:

Mit Gewalt erwirbts der Mann,
Der sein selbst vergeßen kann;
In den Himmel stiehlt der Andre sich,
Der Tugend hehlt bescheidentlich;
Der Dritte kaufts nicht ohne Ruhm:
Der den Armen schenkt sein Eigenthum.

Mit Gottes Worten zwingt ein Mann
Den Teufel, der die sprechen kann,
Daß er muß reden und bekennt
Die Schande, die aufs Herz ihn brennt.

Daß ich den Teufel und den Tod
Muß fürchten, das ist große Noth.
Keinen sah ich je von beiden
Und möchte sie doch gern vermeiden.
Ich muß in Angst vor ihnen stehn
Und weiß nicht wie sie aussehn.

Der Teufel wendet keine List
Auf den, der schon sein eigen ist:
Die seine Werke nicht begiengen,
Will er mit schlauer Arglist zwingen.

Des Teufels Treue wird gepriesen:
Wer je ihm einen Dienst erwiesen,
Währt' es über tausend Jahr,
Er vergißt davon auch nicht ein Haar.

Der Teufel hat durch seinen Spott
Mehr der Märterer als Gott.

Den Samen kann der Teufel geben:
Er fälscht gern jedes rechte Leben.

Wer Schaf unter Wölfen ist,
Der betrügt des Teufels List.

Der mich und all die Welt erschuf,
Der hört Gedanken wie den Ruf;
Der Teufel weiß Gedanken nur,
Wenn er an Werken sieht die Spur.

Wär der Teufel bestellt
Zum Richter über die Welt,
Er würd ein beßrer Richter werden
Als alle Richter noch auf Erden.
Er richtet sonder arge List,
Wie ihm von Gott verstattet ist.

Den Teufel konnte Gott nicht mehr
Demüthgen, der so stolz vorher,
Als da er die Menschheit, die er verrieth,
Die Kron im Himmel tragen sieht.

Wenn der Teufel manchen Mann
Nicht von guten Werken wenden kann,
So läßt er seine List nicht ruhn
Und räth ihm, so viel zu thun,
Daß ers nicht mag vollenden:
So kann er Thoren schänden.

Wenn ein Mensch das Rechte thut,
Des Teufels Schlauheit nimmer ruht
Zu Unbestand ihn zu betrügen,
Mit Gedanken oder Lügen.
Er legt es gleich ihm in den Muth,
Daß ihn sein Leben dünkt nicht gut

Bis sein Herz aus Einem Leben
In ein andres möchte streben.
Wenn er dann unbeständig wird,
So ist er hier und dort verirrt.

Drei Dinge nichts ersättgen kann:
Hölle, Feur und geizgen Mann;
Das vierte sprach noch nie: Genug,
Wie viel man ihm zum Opfer trug

Ueberstarker Feinde drei
Laßen keinen Tag mich frei:
Die Welt und des Teufels List;
Mein eigen Herz das Dritte ist.
Gott mag mich schützen vor den ersten;
Mein Herz behüten ist am schwersten,
Denn es wacht noch in der Frist,
Wenn mir der Leib entschlafen ist.

Des Herzens Auge hemmt kein Band,
Es schaut über Meer und Land;
Durch Himmel und durch Hölle nieder
Siehts und kommt doch immer wieder.

30. Von den Pfaffen.

Die uns gut Vorbild sollten geben,
Die fälschen selber oft ihr Leben.
Vorbilder stehn auf hohem Stuhl,
Die Manchen leiten in den Pfuhl.
Wessen Leben nicht zu loben,
Dessen Lehre mag wohl toben.
Eines guten Mannes Lehre
Folgen, bringt mehr Ehre,
Als zwölfen, die wohl lehren
Und selbst ihr Recht verkehren.
Ich weiß wohl, eine schmutzge Hand
Wäscht selten re'n ein weiß Gewand:
Wie mag der lautres Wasser geben,
Den man sieht im Pfuhle schweben?
Wer russig ist, der wasche sich
Und komme dann und wasche mich.
Wer sich auf Teufelswerke fleißt
Und es nicht zu hehlen ist so dreist,
Den halt ich nicht für engelrein,
Thut ihr mir noch so große Pein.

Wer da will ein Engel sein,
Der stimm auch mit den Werken ein.

Wie sollte der mir Glauben schenken,
Der sich zu glauben trägt Bedenken?

Wer giebt dem Volk im Dorf Bericht,
Kann der Pfaffe selbst das Credo nicht?

Muß ich des Wegs unkundig gehn,
Seh ich da tausend Blinde stehn
Und einen Sehenden dabei,
Den frag ich, wo die Straße sei.

Giengen tausend Thoren vor
Und fielen alle in ein Moor,
Ein weiser Mann geh seiner Straßen,
Müst er sie alle liegen laßen.

Wer euch gute Lehre giebt
Und lebt, daß man ihn billig liebt,
Den nehmt zum Vorbild euerm Thun
Und laßt das Uebrige beruhn.

Die Kerze scheint den Leuten hell,
Und brennt sich selbst zu Asche schnell.

Gute Lehre Viele geben,
Die doch selbst unredlich leben.
Weh den Augen, die den Andern
Sehn und nicht dem eignen Wandern!
Was frommt das Auge wohl den Mann,
Mit dem er selbst nicht sehen kann?

Wenn der Lichtträger kommt zu Falle,
Hinter ihm straucheln Alle.

Wer das Feuer erkennt,
Der schaue, daß es ihn nicht brennt
　Wer den Erdenweg nicht weiß zu zeigen,
Der mag des Himmels wohl geschweigen.
　Mich dürstet oft wohl Tage lang
Und Niemand beut mir einen Trank;
　So such ich klaren Quell zuvor
Eh ich mich wend ans trübe Moor.

•

31. Von Königen und Fürsten.

Leut und Land verdorben sind,
Wo der König ist ein Kind
Und sich fleißen die Fürsten,
Früh zu steuern dem Dürsten,
Denn da ist selten gut Gericht,
Wie schon Salomon es sprich'.

Im Rath des Königs Niemand ziemt,
Der Gut für des Reiches Ehre nimmt.
Ein Herr kann schwerlich gedeihn,
Dem feind die Seinen wollen sein.

Der Fürsten Herz und ihr Leben
Erkenn ich an den Rathgeben:
Der Weise sucht sich weisen Rath;
Ein Thor thörichte Räthe hat.

Ein weiser Herr nichts lieber hat
Als offnen Freund und engen Rath.
Im Fürstenrathe merkt man wohl
Wie man den Herren loben soll.

Die Fürsten mögen wohl gedeihn,
Die es verstehen Herrn zu sein.

Ein Fürst, der Recht und Frieden ehrt,
Wird Gott und allen Leuten werth.

Der Herren Lehr ist leider krumm:
So wird der Witz der Diener dumm.

Die Fürsten haben Eselart:
Sie thun nichts, wenn man Schläge spart.

Seines Knechtes Knecht zum Herren hat
Mancher durch seine Missethat.

Ich kenne nirgend Fürsten drei,
Deren Einer von Gottes Gnaden sei.

Ich weiß wohl, der Fürstensohn
Spricht gern den alten Erben Hohn.

Der Fürsten gleiche Hehre
Bedroht des Reiches Ehre.

Wer in Ruhe lebte gern,
Halte sich den Fürsten fern.

Wer mit den Fürsten will gedeihn,
Der muß oft ihr Schmeichler sein
Oder selten zu Hofe kommen;
Sonst kann sein Dienst nicht frommen.

Wenn der Wolf mausen geht,
Und der Falke Käfern fäht,
Der König Burgen baut zur Wehre,
So steht es schlecht um ihre Ehre.

Hätt ich Wunsch und Willen gleich,
Dem Kaiser ließ' ich gern das Reich.

Wie hehr ein König saß und frei,
Zu klagen blieb ihm mancherlei.

Mancher lebt in hohen Ehren,
Und doch hör ichs ihm verkehren;
Niemand aber fälschen mag
Gottes Wort und lichten Tag.

Dem Kaiser mag sein Heer nicht nützen,
Es kann ihn nicht vor Mücken schützen.
Was hilft ihm Herschaft und List,
Wenn ein Floh sein Meister ist?

Da der Kaiser sterben muß wie ich,
So darf ich ihm vergleichen mich.

Ein Herr, der sterben muß wie ich,
Wie möchte der wohl trösten mich,
Wenn Fieber mir den Tag vergällt,
Ihn aber Zahnweh befällt,
Und er beiden nicht kann wehren?
Dem will ich ungern Treue schwören.

Dem wollt ich lieber eigen sein,
Der der Sonne giebt den Schein,
Der die Dinge weiß eh sie geschehn:
Dem darf man Ehre zugestehn.
Von dem ich höre das Beste sagen,
Des Wappen wollt ich gerne tragen.

Es hat Niemand Eigenthum
Als Gott in seinem ewgen Ruhm:
Leib und Seele, Ehr und Gut
Ist Alles Lehn, was man auch thut.

Sagt' ich die Wahrheit allezeit,
So fänd ich manchen Widerstreit.

Drum muß ich oft die Lippen nagen:
Man mag zuviel leicht Wahrheit sagen.
Sagt' ich halb nur was ich weiß,
Bewohnen müßt ich fremden Kreiß.

Wer stäts die Wahrheit führte
Und sie zu oft berührte,
Die Höchsten thäten ihm den Tod:
Die brechen gern was Gott gebot.

Fischer und Fergen,
Zöllner und Schergen,
Die können manche böse List,
Die dem Teufel lieb ist.

Unerlaubter Ehe muß
Reue folgen auf dem Fuß.

Merket wie die Welt nun stehe,
Selten sieht man rechte Ehe:
Und nähm ein Herr ein Weib um Gott,
Das wär andrer Herren Spott.

Wer ein Weib begehrt, der will zu Hand
Auch Schatz und Burgen, Leut und Land.

Aus Ehen, die um Geiz geschloßen,
Sieht man selten rechte Erben sproßen.

Manch große Herschaft zerrinnt,
Weil da nicht rechte Erben sind.

Rechter Leben sind nur drei:
Rechte Ehe und dabei
Klosterbruder-Nonnenstand;
Mehr giebt es nicht in allem Land.

Wir sehen aller Arten Leben
Wider ihre Ordnung streben.
Deutsches Land ist Raubes voll:
Gericht, Vogtei, Münz und Zoll,
Einst zu gutem Zweck erdacht,
Sind nun zu Raub herabgebracht.
Was jemals Gutes aufgekommen.
Der Christenheit zu Nutz und Frommen,
Die Höchsten und die Hehrsten,
Die brechen es am Ersten.
Die Fürsten zwingen mit Gewalt
Feld und Waßer, Berg und Wald,
Das Wilde wie das Zahme gleich.
Sie zwängen gern der Lüfte Reich:
Das bleibt uns allen doch gemein.
Möchten sie der Sonne Schein
Uns verbieten, Wind und Regen,
Man müßt ihnen Zins mit Golde wägen.
Sie sollten doch zu Herzen nehmen,
Daß Fliegen, Mücken, Flöhe, Brämen
Sie mühn gleich jedem armen Mann,
Der niemals Land noch Schatz gewann.
All ihre Herschaft dünkt mich Wind,
Da Würmer ihre Meister sind.
Auch dünkt mich, wenn ein Jeder Gut
Besäße nur nach seinem Muth,
So würde mancher Herr ein Knecht,
Mancher Knecht gewänne Herrenrecht.

Wie ich die Welt erkennen kann,
So weiß ich keinen reichen Mann,
Dessen Muth zugleich und Gut
Ich haben möchte wie er thut.

Der Herren Sicherheit wär gut,
Hätten sie alle gleichen Muth:
Ließen sie sich nicht im Stiche,
Wer wäre wohl, der ihnen gliche?

Die Herren haben thörgen Muth:
Was einen Solchen dünket gut,
Das muß gleich Alles vor sich gehn:
Der Herrenbrauch ist jetzt zu sehn.

Wer die Biedern unterdrückt
Und die Bösen vorwärtsrückt,
Von welchem Herren das geschicht,
Des Würdigkeit begehr ich nicht.

Wo Halme sich den Herren wählen,
Und ihre nächsten Vettern zählen,
Sieht man die Garbe billig froh:
Sie ist würdiger als ander Stroh.

Wer Waßer trägt in einen See,
Dem thut verlorne Arbeit weh.
Nur wo sie sich ergießen
Hört man die Waßer fließen.

Sich selbst der Ehre Prunk entzieht
Der Herr, der ungern Leute sieht.

Viel versagen, viel erbitten
Ziemt nicht zu Herrensitten.

Wer den Muth nicht hat zum Nein,
Muß immer geben und verleihn.
Wer Alles muß ermiethen,
Der hat nichts zu gebieten.
Gebieten macht hohen Muth,
Was banges Flehen selten thut.
Ein Herr, der seinem Herrenstand
Nicht entsprechen kann, des Freude schwand.
Der mächtigste König, der Krone noch trug,
Hatte doch armer Verwandten genug.

32 Von Weisen und Thoren.

Gott hat den Weisen Harm gegeben
Und den Thoren frohes Leben.

Es hat Niemand weisen Muth
Als wer Gottes Willen thut.

Den Weisen heißt man Gottes Kind:
Die Andern alle Thoren sind.

Ich will an keiner Weisheit Theil,
Sie führe denn zum Seelenheil.

Die eigne Einsicht vermehrt,
Wer da gerne Weisheit lehrt.

Wer nichts weiß und Niemand fragt
Weil ihm Lernen nicht behagt,
Auch die Kunst, die er kann,
Mißgönnt dem lernbegiergen Mann,
Und haßt den, der das Rechte thut:
Die dreie haben Thorenmuth.

Frag und weise Lehre
Die bringen große Ehre.

Wer über Alles fragen will,
Der hat noch Weisheit nicht zuviel.

Wie viel der Weise Sinn verleiht,
Er bleibt noch reicher allezeit.

Viel älter doch die Weisheit ist
Als alle Kunst und Erdenlist.

Daß Weisheit Niemand erben mag,
Noch Kunst, uns Allen ists ein Schlag.

Wo Witz ist ohne Seligkeit,
Das bringt uns eitel Herzeleid.

Die Weisen wißen manche List,
Die dummen Leuten seltsam ist.

Manches betrübt die Weisen,
Das alle Thoren preisen.

Weisheit überwindet Uebel,
Wie das Faß bezwingt der Triebel,
Daß es nicht rinnt zu aller Zeit;
Weisheit scheidet manchen Streit.

Dieß sagen uns die Weisen:
Ein Nagel erhält ein Eisen,
Ein Eisen ein Roß, ein Roß den Mann,
Ein Mann eine Burg, der streiten kann,
Eine Burg vermag ein Land zu zwingen,
Daß es muß nach Hulden ringen:
Der Nagel ist gut angewandt,
Der Eisen, Roß, Mann, Burg und Land
Zu solcher Ehre hat gebracht,
Daß sein mit Ehren wird gedacht.

Gewalt ist Weisen überlegen,
Wo man nicht denkt des Rechts zu pflegen.

Kann man nicht klug sein ohne Gut,
Die Armen hätten Thorenmuth.

Man findet manchen weisen Mann,
Der kluger Rede Kunst nicht kann.

Wer nicht die Kunst der Rede kann,
Der schweig und heiß ein weiser Mann.

Hat weise Wort ein weiser Mann,
Kein Thor ihm widerstreiten kann.

Bedachte Rede, das ist fein!
Du würgst das Wort nicht mehr hinein.

Den Vielberedten tadl ich nicht,
Bedenkt er recht nur was er spricht.

Eines weisen Mannes Muth
Nähm ich für zweier Thoren Gut.

Mancher Thor spricht Weisheit;
Wüßt er nur selbst davon Bescheid.

Ein weiser Mann nimmt gern für gut,
Schelt ich ihn, wenn er übel thut:
Thät ich einem Thoren das,
Er trüge mir zeitlebens Haß.

Der thut den Thoren Herzeleid,
Der sie Weisheit lehrt und Redlichkeit.

Wo die Weisheit wohnen soll?
Bei kleinen Leuten wohnt sie wohl
Und meidet manchen großen Mann,
Der nicht des Sinnes pflegen kann.

Salomon Weisheit lehrte;
Morolf das verkehrte.

Die Sitte haben heute
Noch leider viele Leute.

Salomon sprach doch Wahrheit:
Die Welt ist eitel Ueppigkeit.

Wie großen Schatz ein Thor auch fand,
Bald kam er in der Weisen Hand.

Die Weisen möchten nicht gedeihn,
Müßten sie ohne Thoren sein.

Die Weisen, wenn sie Scherz verstehn,
Kurzweilts mit Thoren umzugehn.

Weisheit steht oft ganz allein,
Der Thorheit läuft man hinterdrein;
Doch will beim Weisen sich berathen
Der Thor, wenn er ins Pech gerathen.

Den Thoren Niemand folgen soll;
Wer recht thut, der erfährt es wohl.

Den Thoren muß man Glocken ziehn:
Der Weise geht von selber hin.

Der Weisen und der Thoren Streit
Währte nun schon lange Zeit
Und wird noch lange Jahre währen:
Man mag sie beide nicht entbehren.

Wer der Thoren Haß sich zugezogen,
Dem sind die Weisen all gewogen.
Lebst du nach der Weisen Brauch,
So schilt dich jeder thörge Gauch;
Doch ist beßer vieler Thoren Zorn
Als gieng' Ein Weiser dir verlorn.

Was an den Thoren ist zu schelten,
Belehrt den weisen Mann nicht selten.

Weises Wort und thöricht Werk
Haben Die von Kuckucksberg.

An der Red erkenn ich Thoren,
Den Esel an den Ohren.

Der Thor verhehlt zu keiner Frist
Was in seinem Herzen ist.

Noch nie ein Land bezwungen hat
Erborgter Sinn und Thorenrath.

Obgleich man es nicht sagen soll,
Es trifft Ein Thor den Andern wohl.

Findet Ein Thor neuen Brauch,
Dem folgen andre Thoren auch.

Der Dumme hat Gesellen viel
Solang er thöricht bleiben will;
Wenn er sich klügerm Sinn ergab,
So nimmt alsbald sein Anhang ab.

Wie dumm ein Thor auch mochte sein,
Er bildete sich Weisheit ein.

Der Thörichte liebt alles blind
Was er mit großer Noth gewinnt;
Und was er wohlfeil möcht erwerben,
Das läßt er ungenutzt verderben.

Wer da muß die Thoren flehn
Mag den Sorgen nicht entgehn.

Wer die Leute äffen will,
Der wird leicht selbst zum Affenspiel.

Wie fern ich gieng und ritt von hinnen,
Thoren konnt ich nicht entrinnen.

Wer mit der Welt will gedeihn,
Der muß zuweilen thöricht sein.

Ich kann mich wohl mit Thorheit laben,
Geschieht es ohne meinen Schaden.

Nirgend wird der Markt so gut
Als wo man Thoren Schaden thut.

Niemand laß auf lange Zeit
Dem Thoren Recht in jedem Streit,
Sonst bedünkt es ihn, er sei
Weiser als Salomone drei.

Manchen Thoren hör ich oft und viel
Rühmen: „Ich thue was ich will,"
Der keinem Haare wehren mag
Fortzuwachsen Nacht und Tag.

Die Thoren fühlen sich so hehr,
Sie grüßen künftig Niemand mehr;
An den Eseln mag man Gleiches sehn,
Die Niemand aus dem Wege gehn.

Hat ein Thor nur Brei zur Hand,
Was kümmert ihn das Vaterland?

Es nähm ein Thor des Kuckucks Sang
Für der süßen Harfe Klang.

Schwerlich möcht ein Thor sein Leben
Um das des reichsten Königs geben.

Wir gefallen all uns selber wohl,
Drum ist das Land der Thoren voll.

Wer wähnt, daß er gar weise sei,
Dem wohnt ein Thor unferne bei.

Der Thor versündigt sich an Gott
Bis er sich selber wird zum Spott.

Wenn man zu sündgen wehrt dem Thoren,
So bleibt die Seel ihm unverloren.

Den Thoren dünkt es selten gut
Was ein weiser Mann auch thut.

Wer sich der Thorheit überhebt,
Der hat guten Tag erlebt.

Vom Schlagen läßt der Thor nicht ab
Bis er zu fühlen kriegt den Stab.

Es begehrt der Thor nach nichts so heiß
Als wovor man ihn zu hüten weiß.

Es gefällt dem Thoren nichts so gut
Als lobt man Alles was er thut.

Den Thoren zu stillen
Red ihm nach seinem Willen.

Wer den Thoren denkt zu reizen
Darf mit Versprechungen nicht geizen.

Käms wie sichs der Thor erbat,
Er thäte lauter Missethat.

Der Dinge, die der Thor begehrt,
Würd er mit Klagen nur gewährt.

Wer im Sack will kaufen
Und sich mit Thoren raufen,
Und borgt dem unsichern Mann,
Der stimmt bald Klagelieder an.

Alter Weiber Minne
Und junger Leute Sinne,
Und kleiner Rosse Laufen,
Die muß man theuer kaufen.

Eh ich ein Thor möchte sein,
Rom wollt ich laßen, wär es mein.

Mancher Mann hat weisen Muth,
Der doch unweise thut.

Mit Thoren thöricht, klug mit Weisen,
Das wuste stäts die Welt zu preisen.

Klug ist wer Verlust beklagt
Und nichts von dem Gewinne sagt.

Rechter Sinn ist Seligkeit,
Lust kommt selten ohne Leid.

Kurzen Mann demüthig
Und Rothhaargen gütig,
Und langen Mann und weisen
Soll man als selten preisen.

Nur Einer ist selbselber mehr,
Selbdritter über Alle hehr.

Ich weiß wohl, daß sich Jedermann
Selbst nur Gutes gönnen kann.

Mancher Thor hat große Eil
Dahin wo ihm nur Schade feil.

Thor verspottet weisen Mann
Was Thoren Niemand wehren kann.
Und lachen sie nach Thorenbrauch,
So lach er nur mit ihnen auch,

Daß er den Spott vertreibe
Und ohne Zorn verbleibe.
    Der Weise große Sorge hat
Wie seiner Seele werde Rath.

33. Von Milden und Kargen.

Ich weiß wohl, daß ein milder Mann
Genug zu geben nie gewann.

Geben freut den Milden sehr
Und Versagen fällt ihm schwer.

Wohl fällt dem Milden schwer Versagen;
Dem Armen oft noch mehr zu klagen.

Dem geht die Milde nicht von Herzen,
Den hernach mag Reue schmerzen.

Die Milde ist nicht Lobes werth
Geb ich was mir nicht gehört.

Milde schmückt des Gebers Hand:
Am Obste wird der Baum erkannt.

Wer Milde führt im Schilde,
Den verdrieße nie die Milde.

Um die Milde muß entbehren,
Wer rechte Milde will gewähren.

Wo Geiz dem Schatze dienen muß,
Die Angst verwehrt ihm den Genuß;
Der Milde stäts ist wohlgemuth:
Ihm dient der Schatz und alles Gut.

Die Eule übt die Milde nicht,
Noch hält der Hof sie jetzt für Pflicht:
Wer bei den zweien alten soll,
Dem wird die Kiste selten voll.
  Selten noch gefunden wird
Bei eignem Brot ein milder Wirth.
  Die Milde muß von Herzen gehn
Und nicht auf fremden Rath geschehn.
  Was kann dem milden Manne drohn?
Er hat hier Lob, vor Gott den Lohn.
  Reine Milde nie verdarb,
Wenn Kargheit große Schmach erwarb.
  Kargheit hat oft erworben,
Daß Könige sind verdorben.
  Dem Milden, hab ich wohl erfahren,
Warb was der Karge wollte sparen.
  Dem Bösen oft zu Theile ward
Was vor dem Biedern man gespart.
  Der Karge läßt sich drei entwenden,
Eh er Eines gäb aus Händen.
Lieber ungefunden wollte
Das Gut er, wenn ers theilen sollte.
  Wie argen Muth der Karge trug,
Er dauchte sich doch mild genug.
  Wenn der Gauch das erste Laub gewahrt,
Er sättigt sich nicht dran, er spart:
Er fürchtet, daß es ihm zerrinne;
So ist dem Kargen auch zu Sinne.

Wer die Leute ungern eßen sieht,
Weh, wie oft dem Weh geschieht!
Wie möcht ihm weher wohl geschehn?
Er muß sich selber eßen sehn.
Ißt er, ists ihm eine Noth,
Ißt er nicht, das ist sein Tod:
Vor solchem Zwist und Widerstreit
Bleibt er nimmer frei von Leid.

Den Ziegel und den bösen Mann
Niemand so gründlich waschen kann,
Daß er vom Schmutz läßt ganz und gar:
Es bleibt zuletzt trüb wie er war.

Des Mohren Haut läßt nicht so leicht
Die schwarze Farbe, die sie zeigt;
Auch schwerlich läßt des Pardels Haut
Die schwarzen Flecken, die ihr schaut:
So wißt auch, daß ein böser Mann
Der Bosheit nicht entsagen kann.

Wo der Böse wird erkannt,
Da scheut ihn Alles gleich zur Hand.

Wer bösen Leuten Dienst erzeigt,
Zu danken sind ihm die geneigt
Noch nicht um ein halbes Haar:
Er muß es selber thun fürwahr.

Ein böser Mann erträgt nicht gut
Ehr und überreiches Gut.

Vom Bösen gerne der Böse spricht:
Geschwieg er nur des Besten nicht!

Wie bös auch Einer hat gethan,
Er führt doch seinen Bösern an.

Man legt aufs Böste nun Gewicht
Und achtet auf das Beste nicht.

Der Böse mag aufs Böste merken;
Uns soll der Besten Beispiel stärken.

Wie oft der Böse dulden muß
Verachtung und verschmähnden Gruß!

Die Bösen ungewaschen äßen,
Wenn ihrer Schande wir vergäßen.

Der Böse selber wohl ermißt,
Daß wenig Tugend in ihm ist:
Hätt er also Ehr und Gut
Wie ers verdient nach seinem Muth,
Seine Ehre wäre nicht zu groß,
Und zuletzt würd er sie gänzlich los.

Der Böse nach mehr Ehren stellt
Als er sich selbst für würdig hält.

Wer der Biedern Huld erreicht,
Der enträth der Bösen leicht.

Wie man den Guten loben soll
(Er thut dann desto lieber wohl),
Soll man die Bösen nicht ertragen,
Soll ihnen ihre Schande sagen.
Einem giftigen Mann
Thut man billig Marter an.
Wer Böse wie die Biedern hält,
Versündigt schwer sich an der Welt;

Und hält Wer gar den Bösen gut,
Den Guten schlecht, der missethut.

Den Bösen Niemand neiden soll;
Den Guten gönn ich Neid gar wohl.

Wenn ein Biedermann das Rechte thut,
Der ist selig, hälts die Welt für gut;
Thät er nur Einen Tritt daneben,
Ihm müßten alle Glieder beben.

Jeder Biedre meidet wohl
Was er billig meiden soll
Und ein übelgesinnter Mann
Nimmer wohl vermeiden kann.

Der Böse hört es mit Verdruß
Wie der Biedre sich behelfen muß.

Zum Freund ich beßer behalten kann
Zwölf Biedre als Einen bösen Mann.

Beßer ist der Bösen Haß
Als ihre Freundschaft, merket das.

Wenn ich der Bösen Huld gewann,
So hab ich Etwas missgethan.

Man soll sich zu den Besten halten,
Und nach der Bösen Rath nicht schalten.

Schwer ists, die Besten auserwählen,
Will Niemand zu den Bösen zählen.

Ungern hört ein böser Mann,
Wenn ein Biedrer Ehr und Gut gewann.

Wenn man Geiz und Habsucht hat,
Darin gründet alle Missethat.

Dem Kargen Herzeleid geschieht,
Wenn er giebt und geben sieht;
So wird den Milden Herzweh plagen.
Wenn er zu geben muß versagen.

Ich misste lieber Schatz und Gut
Als daß ich thäte wie Mancher thut,
Der zehrt ohn Ehr und ohne Gott
Und wird hernach der Leute Spott.

34. Von der Ehre.

Gerne wäre Jeder gleich
Vor aller Welt an Ehren reich.

Der Mann um Ehre werben soll;
Wenn er will, er läßt sie wohl;
Gewinnt er aber Schande viel,
Die läßt er nicht so wenn er will.

Wer Leut und Ehre will gewinnen,
Der laße nicht sein Gut zerrinnen.

Wer ohne Reue denkt zu leben,
Soll seine Ehre Niemand geben.

Wer Zucht und Ehre will begehn,
Muß nicht auf eignem Sinn bestehn.
Die Ehre selten kränket,
Wer zeitig sich bedenket.

Nicht wohl erwogne Märe
Wie leicht sie anders wäre!

Was ist der Welt Begehren
Als Ehr und wieder Ehren!

Mit Gemach ist Ehre nicht zu kaufen,
Wie die Dinge jetzo laufen.

Ehre, Weisheit, großes Gut
Gewinnt man nicht mit schlaffem Muth.

Der Faule mag wohl Ehre missen:
Ihm gefällt ein sanftes Ruhekissen.

Wie mag der Schanden sich entringen
Dem seine Ehren Schande bringen?

Jeder hat Ehre vor der Welt
Darnach als er sich selber hält.

Der Leute forschen mehre
Nach Schanden als nach Ehre.

Wer seine Schande decken kann
Ohne Zorn, der ist ein weiser Mann.

Wem ich seine Schande helfe tragen,
Der soll die meine Niemand sagen.

Den Streit laß ich gerne fahren,
Kann ich Schmach und Schande sparen.

Der Schaden ist wohl angelegt,
Der mich rein von Schande fegt.

Mich erzürnt, wenn Ehre Wer begehrt
Unverdient und ohne Werth.

Wer der Ehre sich begiebt,
In Des Lob bin ich nicht verliebt.

Wen man nun fürchtet, der ist werth
Wie kein Biedermann zu sein begehrt.

Ehr und alle Würdigkeit
Sind ohne Macht ein Spott zur Zeit.

Roß, Schild und Sper und Helm und Schwert,
Die machen guten Ritter werth.

Hengste, Köcher und Bogen
Haben manchen Knecht betrogen.

Ehre muß kaufen mancher Mann
Von dem, der Ehre nie gewann.

Ehre, die zu viel Kosten macht,
Wird dem klugen Mann verdacht.

Ehre bringt zu keiner Zeit
Unrechte Heimlichkeit.

Wer Ehre nicht übersehen will,
Der hat immer Sorgen viel.

Ehre läßt Niemand enden,
Gäb er mit tausend Händen.

Niemand der Ehre genügen kann,
Und doch begehrt sie Weib und Mann.

Nach Lob und Ehre soll man jagen
Und doch Gott im Herzen tragen.

Man hält an Ehre so nicht fest,
Daß man nicht weiß wo man sie läßt.

35. Von Trunkenheit.

Trunkenheit thut selten gut,
Sie betäubt und lähmt uns weisen Muth;
Sie ist ein Raub der Sinne gar,
Des Todes Bild, des nehmet wahr.

Wo Tobende und Trunkne sind,
Wer die nicht scheut, der ist ein Kind.

Des wird die Trunkenheit nicht frei,
Sünde, Schande, Schade sind dabei.

Sorge, Zorn und Trunkenheit
Thut dem Siechen oftmals leid.

Kommt der Wein in das Haupt,
Wird seine Armut gar beraubt.

Wer seine Sünde weint mit Reue,
Der weint in Trunkenheit aufs Neue:
Käm dem zu keiner Stunde
Der Becher doch vom Munde!

Das Vieh, dem Gott nicht Sinn beschied,
Wenn es zu Dorf vom Felde zieht,
Erkennt doch Jegliches wohl
Haus und Hof, dahin es soll;

So trinket leider mancher Mann,
Daß er Haus noch Hof erkennen kann:
Die Schmach ward oft an Uns gesehn
Und ist dem Vieh noch nie geschehn.

Es trinken tausend sich den Tod
Eh Einer stirbt vor Durstes Noth.

Meth und Wein sind beide gut
Für Sorge, Durst und Armut.

Vor Durst mag Beßeres nicht sein
Als Waßer, Bier, Meth oder Wein;
Auch hilft wohl in des Hungers Noth
Fisch, Fleisch, Käs und Brot:
Wer die zusammen bringen mag,
Der hat wohl fröhlichen Tag;
Braucht es dazu noch andrer Dinge,
Die holt, daß man den Hunger zwinge;
Doch übrig eßen, zu viel Unger
Sind schlimmer als ein mäßger Hunger.

---

36. Von Freunden.

Ein Freund ist beßer nahebei
Als in der Ferne wären drei.

Erworbner Freund half aus der Noth,
Wo kein Blutsfreund Hülfe bot.

Gewisser Freund, versuchtes Schwert,
Sind in Nöthen Goldes werth.

Wohl ihm, der viel Freunde zählt:
Weh ihm, wenn er auf sie zählt.

Freunde hab ich immer viel,
Wenn ich sie nicht brauchen will.

Schädlicher Freund wohl öfters muß
Dulden ungetreuen Gruß.

Solang die Seckel klingen
Sieht man Freunde näher dringen;
Verlieren sie ihr Klingen
Ist es aus mit ihrem Dringen.

Mancher findet Freunde viel
So lang ihm eben geht der Kiel,
Und hat doch bei dem allen
Gar wenig Nothgestallen.

Man weiß nicht ob ein Freund uns räth
Bis es an Leib und Ehre geht:
Da wird der rechte Freund erkannt;
Der falsche fällt dann ab zuhand.

Wie fern ein Freund dem Freunde sei
Breche doch Treue nicht entzwei:
Wen ich hab als getreu erkannt,
Den lieb' ich über das vierte Land.

Wer falsch des Freundes Falschheit trägt,
Wie leicht sich der doch selber schlägt!

Ein vertrauter Gegner thut
Uns Schaden oft und selten gut.
Manchen Kummer gewinnt
Wer seinen Freund getreulich minnt.

Wer an Freunden übel thut
Auf lange Frist, das ist nicht gut.

Thöricht, wer nach Treue rennt,
Wo man keine Treue kennt.

Wer an einen Dorn sich hält,
Ist zwier verloren, wenn er fällt:
Klagst du dein Leid dem Ungetreuen,
Mag dich jedes Wort gereuen.

Wenn Freund von Freunde Gut gewann,
So hebt ein edler Wettstreit an.

Wenn der Freund den Freund läßt laden,
Kommt er zu oft, das mag wohl schaden.

Man mag mit leichten Sinnen
Manchen Freund gewinnen;

Doch ist der wohl ein weiser Mann,
Der guten Freund behalten kann.

Du bist dem Freund ein fremder Gast,
Wenn du daheim nur Kummer hast;
Wem Glück und Ehre ward beschert,
Der ist daheim wohin er fährt.

Ich will mir selber holder sein
Als meiner besten Freunde drein.

Wirb selber vor Gericht dein Ding,
Man kürzt damit das Tageding.

Der meint es mit dem Freund nicht gut,
Der Alles gut heißt was er thut.

Mir gefällt der Freund nicht wohl,
Von dem ich Schande haben soll.

Wenn Freund mit Freunde brechen will,
Sucht er Schuld am Freunde viel.

Wer auf Veränderung erpicht,
Hält auch an den Freunden nicht.

Das Wort wär beßer ungesprochen,
Um das der Freund mit mir gebrochen.

Wer Niemand will zum Freunde haben,
Verdient nicht des Glückes Gaben.

Den Dienst, den ihm der arme thut,
Nehme der reiche Freund für gut.

So getreuen Freunds begehr ich nicht,
Der nicht auf Umgang thut Verzicht
Mit Frauen in Unehren:
Von dem soll man sich kehren.

37. Von Minne und Frauen.

Wo man feil die Minne beut,
Da kauft ein Gauch Unseligkeit.

Rechte Minne Freude leiht,
Feile Minne Herzeleid.

Wer rechter Minne begehrt,
Hält feile Minne nicht werth.

Wer Lust zu feiler Minne hat,
Kauft sich leicht nur Missethat.

Fremde Märe hört ich heut:
Wo man feil die Minne beut,
Da gilt des Alten Schilling
Mehr als des Jungen Pfenning.

Tanz wie Minne hat den Ruhm:
Das Beste Jedes wähnt zu thun.

Minn ist unnütz zu verschwören:
Sie pflegt auf Eide nicht zu hören.

Daß Milde gleiche Rechte habe,
Giebt sie sich selbst zuletzt als Gabe.

Minne lehrt manchen Mann
So lange bis er nicht mehr kann.

Minne blendet weisen Mann,
Der sich nicht vor ihr hüten kann.

Manch Weib so lange lieblich blickt
Bis sie des Mannes Sinn bestrickt.

Minne und Begehrlichkeit
Sind zu empfangen stäts bereit.

Niemand Minne pflegen mag
So heimlich einen halben Tag,
Daß es nicht viere oder mehr,
Sechse wißen längst vorher.

Nach fremder Minne willst du fahren
Und kannst dein eigen Weib nicht wahren.

Wer minnet was er minnen soll,
Dem ist mit Einem Weibe wohl:
Ist sie gut, wird ihm gewährt
Was man von Frauen nur begehrt.

Mehr als Leben und Leib
Minne dein getreues Weib.
Wer ein getreues Weib gewann,
Die Sorgen legt sie ihm in Bann.

Ist ein schönes Weib getreu,
Deren Lob blüht immer neu.

Kos't oder halst der Mann ein Weib,
Entzündet sich ihm Seel und Leib.

Wer Minne jagt, den fliehet sie,
Und wer sie scheut, den scheut sie nie.

Großen Schaden leicht gewinnt
Wer da haßet was ihn minnt.

An der Frauen Fehltritte
War immer Schuld der Männer Bitte:
Wie auch ein Mann daneben träte,
Wenn man ihn so fleißig bäte.

Ein Weib wird sich im Herzen werth,
Wenn der Besten Einer sie begehrt.

Der Mann wird werther als zuvor,
Wenn hohe Minne ihn auserkor.

Die Fraun man immer bitten soll;
Doch kleidet sie Versagen wohl.

Versagen hört ich stäts die Bitte,
Kam sie nicht aus Herzensmitte.

Versagen war stäts Frauensitte;
Doch lieben sie, daß man sie bitte.

Ein sinnig Weib von reinen Sitten,
Die darf um Schande Niemand bitten.

Unminne seh ich Manche minnen:
Sind die wohl bei klugen Sinnen?

Keusch sein freilich muß ein Weib,
Spricht ihr Niemand an den Leib.

Wie streng ein Weib behütet sei,
Ihr sind jedoch Gedanken frei.

Keine Hut ist so gut
Als die ein Weib sich selber thut.

Der bösen Fraun man hüten soll:
Die gute hütet selbst sich wohl.

Unrechte Hut
Kommt selten zu Gut.

Erzwungene Liebe
Wird oft zum Diebe.

Ob ein Unweib missethut,
Von guten Frauen sprech ich gut.

Ein reines Weib hat reinen Leib,
Doch selten solch ein Unweib.

Sanfter wär eines Igels Haut
Im Bett als solche leide Braut.

Ein leider Mann fällt schwerer traun
Als ein Bleiklotz guten Fraun.

Von dem die Welt das Beste spricht,
Sein thöricht Weib erkennt ihn nicht.

Wer ein Lieb hat, wird nicht frei
Der Sorge, daß es untreu sei;
Stätem Kummer sich ergiebt,
Wer den Ungetreuen liebt.

Wie heimlich man den Frauen sei,
Viel Fremde bleibt doch stäts dabei.

Kein Mann die Frau erkennen soll;
Den Mann erkennt die Frau gar wohl.

Man nehme ihrer Tugend wahr;
Ihr Geheimniß wiße Niemand gar.

Wer der Frauen Zucht ein Kenner,
Weiß sie werther als die Männer:
Sie schämt sich mancher Missethat,
Auf die der Mann nicht Achtung hat.

Oft verschmäht die Frau der Mann,
Auf die Verleumbung was ersann,

Und nimmt aus fremden Landen
Eine von dreißig Schanden.

Ein Mann hat Ehre von manchen Dingen,
Die gute Fraun in Schande bringen.
Den Mann mag Manches krönen,
Das ein Weib würde höhnen:
Begeht sie Eine Missethat,
Deren der Mann wohl tausend hat,
Der tausend will Er Ehre haben
Und Ihre Ehre drum begraben:
Das ist kein wohlgetheiltes Spiel,
Ein Unrecht wie es Gott nicht will.

Der Mann trägt seine Schmach allein,
Das soll der Männer Vorzug sein;
Und kommt ein Weib zu Falle,
So schilt man sie alle.

Wahr ist, die Fraun sind sich nicht gleich!
An Ehr und Zucht ist manche reich;
Die andern sind davon verschieden
Wie Licht und Finsterniß hienieden.
Der Name Weib gilt auch den schwachen;
Das muß den frommen Schande machen.
Manche großer Tugend pflegt;
Der Andern Scham ist abgelegt:
Hielte man die all für sein,
Mein Wille könnt es nimmer sein.

Was der Frauen Manche thut,
Haltet Alles ihr für gut,

So dürft ihr keine schelten,
Laßt sie all für ehrbar gelten.

Manche schilt der Mann April,
Wenn Er sich ihr entfremden will
Um andrer Frauen Minne:
So verkehrt auch sie die Sinne.

Manche ist unstäte,
Die selten misseträte,
Hätte sie gute Räthe,
Wieviel man sie auch bäte.

Wer unfein von den Frauen spricht,
Der kennt wahre Freuden nicht.

Der Frauen Sinn stand immer so:
Würden sie so leichtlich froh
Von dem Mann als er von ihnen,
Sie wären immer stät erschienen.

Die Thoren sind des Wahns nicht frei:
Sie wähnen ihre Freude sei
Der Weiber Freude: so ists nicht;
Das macht manch gutes Weib zunicht.
Wenn ich Alles sagen soll,
So lebt auf Erden Niemand wohl,
Wer nicht ein liebes Weib gewann
Und auf ihre Gnade bauen kann.

Eine Metze und eine Katze
Leben nach gleichem Satze.
Dreißig Pfannen Mußes voll
Vertilgt eine Katze wohl;

Aber dreißig Männer küßten
Zu wenig für der Metze Lüsten.

Wär der Himmel ganz Papier
Samt allem irdischen Revier,
Und alle Sterne Pfaffen,
Die Gott hat geschaffen,
Es fehlte doch an Schreibern
Für das Wunder von den Weibern.

Wer je ein liebes Weib gewann,
Der sieht sie für die Beste an.

Wer noch so stäte Freundin hat,
Er fürchtet doch sich vor Verrath,
Weil Weibesschöne Manchen hat
Verführt zu großer Missethat.

Ein Wechsel ists, der wohl geziemt,
Wer die Gute für die Schöne nimmt.

An Mancher von den Schönen
Ist Manches zu verhöhnen.

Adam und Samson,
David und Salomon,
Die hatten Weisheit und Kraft;
Doch zwang sie Frauen-Meisterschaft.

Wie oft die Frauen unterliegen,
Sie können doch den Mann besiegen.

Die Ehre hat nicht wohl bewahrt,
Wer sein Weib mit Andern spart.

Ferne scheidet Liebe;
Gelegenheit macht Diebe.

Mancher hat ein Herzelieb,
Von der ihn Neubegier vertrieb.
Wer Herzeleid allein soll tragen,
Der mag wohl von Nöthen sagen.
Niemand hin zur Hölle fährt
Um Kost, von der er billig zehrt,
Und wer den Frauen recht will pflegen,
Verliert darum nicht Gottes Segen.
Was Gut und Böses je geschehn,
Muß auf der Frauen Rechnung stehn,
Das Beste wie das Böste,
Niederste wie das Höchste.
Die Sitte dünkt mich nicht gut,
Wessen Ehfrau missethut,
Daß man den deshalben schilt
Und er des Teufels entgilt:
Auf meine Treue will ichs nehmen,
Es wird ihn selbst am Meisten grämen.
Wenn man an einem Biedermann
Nichts zu schelten finden kann,
An Gesinnung noch am Leben,
So muß sein Weib den Anlaß geben:
Man schilt sie ihm zu Leide,
Da doch unschuldig beide.
Wider Fraun und Pfaffen
Laßt Schelten sein und Klaffen.
Von Freuen sind die Fraun genannt:
Ihre Freude freut das ganze Land;

Wie gut er Freude kannte,
Der zuerst sie Frauen nannte!

   Wo Kinder sind bei der Glut,
Da nehme man sie wohl in Hut;
Wo Weib und Mann beisammen sind,
Ein drittes kommt hinzu geschwind.

38. Von Erkenntniß.

Mancher wähnt, er kenne mich
Und erkannte niemals sich.
Kennte selbst sich Jedermann,
Den Andern lög er seltner an.

Der sich selber recht erkennen kann,
Der ist fürwahr ein weiser Mann.

Wer den haßt, der das Rechte thut,
Der bedünkt mich nicht gut.

Wie Einer auch das Rechte thut,
Es dünkt nicht alle Leute gut.

Wie recht leider Jemand thut,
Der fünfte hält es nicht für gut.

Wer nicht nach seinen Pflichten thut,
Dem wird das Ende selten gut.

Wer nach meinem Willen thut,
Dem trag ich immer holden Muth.

Wer Uebel wider Uebel thut,
Das ist menschlicher Muth;
Wer Gutes wider Uebles thut,
Das ist göttlicher Muth;

Wer Uebles wider Gutes thut,
Das ist teuflicher Muth.

Wer unterscheidet Bös und Gut,
Der weiß wohl, wenn er übel thut.

Man wird bei guten Leuten gut:
Böse bei dem, der übel thut.

Wie sehr auch Einer übel thut,
So wünscht er doch, er wäre gut.

Was Einer noch so gerne thut,
Sei es übel oder gut,
Zwingt man ihn, daß er es thu,
So greift er nicht mehr gern dazu:
Wie lieb es ihm gewesen,
Ihm widersteht dieß Wesen.

Mancher gern ertragen würde
Großer Arbeit schwere Bürde,
Die ihm doch nie gelänge,
Wenn man dazu ihn zwänge.

Unfreiwilliges Magdthum
Hat vor Gott geringen Ruhm.

Wie gut auch ein Bogen sei,
Ueberspannt bricht er entzwei.

Wem gram geworden sind die Sterne,
Dem leuchtet auch der Mond nicht gerne.

Ich fürchte nicht des Monden Schein,
Will mir die Sonne gnädig sein.

Gewohnheit hat große Macht,
Der Jugend Schaden oft gebracht.

Böse Gewohnheit
Bringt nur Schaden und Leid.

Von allen Kindern wird ersehnt
Woran die Mutter es gewöhnt.

Wer sein Kind nicht ziehen kann,
Dem erziehts der Henkersmann.

Was zuerst im Faße war,
Darnach riecht es immerdar:
Was man in der Jugend trieb,
Bleibt Einem all sein Leben lieb.

Einem Jeden dünkt das gut,
Was er am liebsten thut.

Ueppige Köse
Macht die Sitten böse.

Unkeusche Worte werben,
Daß gute Sitten verderben.

Wer sich um gute Sitten müht,
Ehr und Heil ihm draus erblüht.

Wohl gebetet, wohl gebadet
Hat noch selten Wem geschadet.

Der ist weise, der Jedermann
Nach seiner Sitte halten kann.

Die Sitten Niemand wißen mag,
Der jetzt man pflegt und ehmals pflag.

Mich dauchte jüngst noch Manches gut,
Das mir jetzt beschwert den Muth.

Der heut den büßte, thäte wohl,
Den er aufs Jahr erschlagen soll.

Räthsel.

1

Ein Mann erschlug, sich nicht zum Heil,
Der ganzen Welt das vierte Theil.

2.

Es hat einmal ein Hund gebellt,
Daß es vernahm die ganze Welt,
Und ein Esel so laut ijaht,
Daß alle Welt gezittert hat.

Von drei Dingen sagt man,
Daß alle Welt sie haben kann:
Pfaffenweiber, Spielerwein;
Begoßen Brot mags dritte sein.

Wunderbarer Thiere
Hat Gott erschaffen viere:
Salamander speiset sich
Mit Feuer: das ist wunderlich:
Chamäleon in Lüften schwebt;
Der Hering vom Waßer lebt;
Von Erde sich der Maulwurf nährt:
Die Nahrung ist den vier beschert.

Waßer, Feuer, Luft und Erde
Zahlt man nicht nach ihrem Werthe.

Erd und Waßer unten schwebt,
Feur und Luft zu Berge strebt.

Wer Ketten anlegt altem Hund,
Der macht sich Arbeit ohne Grund.

Wer lieb will sein, wo er unwerth ist,
Die Liebe währt nicht lange Frist.
Mancher ist just da zur Last
Wo er gern wär ein lieber Gast.
Den Freund von Freuden scheidet
Der ihm sein Lieb verleidet.
Liebe wird zu Leide
Wenn ich vom Freunde scheide.
Nicht selten mir schon Lieb geschah,
Wo ich mich Liebes nicht versah;
Wie auch Manchem Leid geschieht,
Wo er sich Leides nicht versieht.
Gestoßen hab ich mich oft,
Wo ich eben zu gehn verhofft.

Was je ergieng und wird ergehn
Ist ohne Ursach nicht geschehn.
Uns fällt von des Glückes Rade
So leicht ein Nutzen als ein Schade.
Ich weiß von Niemand so viel
Als von mir selbst; doch schweig ich still.
Erkenne was dein Herz dir barg,
So sprichst du von Niemand arg.
Gut und Böses unterscheide:
Das Beste thu, das Böste meide.
Guter Wille sei uns Pflicht,
Begehn wir auch die Werke nicht.

Mit gutem Willen laßt uns leben,
Haben wir auch nichts zu geben.
Aus jeglichem Gefäße quillt
Was es innerhalb erfüllt.
Natur und Gewohnheit,
Beider Macht reicht fern und weit.

Kraut, Gestein und Zauberwort
Haben an Kräften großen Hort.
Des Obstes und der Kräuter Kraft
Erschöpft noch keine Wißenschaft.
Zu Einem Pfennig nur geboren,
Stellt der nach zwein, das ist verloren.
Was Jemand Wunders hat vernommen,
Damit möcht er gern zu Ende kommen.

Mancher gelobt gar viel
Was er doch nicht leisten will.
Wie reich auch Einer möge leben
Verheißen wird er mehr als geben.
An Verheißung mag ein Mann
Wohl reich sein, der gut lügen kann.
Ohne Noth in Schanden leben
Die viel verheißen, wenig geben.
Thäte mir Verheißung wohl,
Der bekäm ich ganze Scheuern voll.
Wer giebt was er nicht gern entbehrt,
Die Gab ist guten Lohnes werth.

Die Gabe thut uns selten wohl,
Die man mit Schmach erbitten soll:
Dagegen hat die hohen Werth,
Die ungebeten wird gewährt.
    Sein Ruhm vor Gott wär stäte,
Der gäb eh man ihn bäte.
    Die Gab ist zweier Gaben werth,
Die gegeben wird eh man begehrt.
    Wer oft uns heißt zu harren,
Der will uns nur narren.
    Dem ist weh, der viel begehrt,
Da ihm Niemand eins gewährt.
    Der Mann, der immer mehr begehrt,
Wird seiner Wünsche nie gewährt.
    Ein gierig Herz erfüllen mag
Niemand, es ist ein übler Sack.
    Wer Ungerechtigkeit begehrt,
Den soll man laßen ungewährt.
    Wer bittet, daß ich ihm gewähre,
Der soll auch thun was ich begehre.
    Bitten hat die Scham verbannt:
Versagen hat sie nie gekannt.

Kleidung schadet nicht dem Mann,
Der ein reines Herz gewann;
Wie dem keine Kleidung nützt,
Der ein falsches Herz besitzt.
Reines Herz und reiner Muth

Sind bei jedem Kleide gut;
Fänd ich solche Kleidung feil,
Die der Seele brächte Heil
(Im Preis wär hoch die Elle schon),
Eine Spanne kauft ich auch davon.

Fremde schadet und frommt;
Den Bösen sie zu Statten kommt.
Das Fremde wird nicht anerkannt,
So die Leute wie das Land.
Die fremde Wiese, scheints dem Neide,
Steht beßer stäts als eigne Weide.

Wer aufs Leben liegt gefangen,
Dem längt die Zeit wohl sein Verlangen.
Wer bedenkt was Er gethan,
Der läßt mich wohl noch Huld empfahn.
Wer mit sich selber alle Zeit
Kämpft, das ist ein harter Streit.
Könnt ich mein eigner Meister sein,
So hätt ich gar den Willen mein.
Wollt ich mir selber widersagen,
So könnt ich meinen Feind ertragen.
Könnt ich mich selbst besiegen,
Meine Noth wär überstiegen.
Ich thu mir selber mehr zuwider
Als alle Welt; das ist nicht bieder.
Mich ließe wohl die Welt gedeihn,

Wollt ich mir selber gnädig sein.
Des Mannes Unverständigkeit
Thut ihm oft selbst das gröste Leid.
Wer sollte dem wohl bleiben gut,
Der an sich selber übel thut?
Wer sein eigner Gegner ist,
Der sei mein Freund zu keiner Frist.

Laßt euch die Zeit gefallen wohl,
Da noch viel böse kommen soll.
Was hier ohne Treue ist,
Das währt dort die kleinste Frist.
Es gedeiht uns nimmer gut
Was man ohne Maßen thut.
Wer zu behalten und zu geben
Weiß, verdiente stäts zu leben.
Wer in seinem Maße kann
Leben, ist ein selger Mann;
Ein andrer lebt mit Spott daneben,
Der Maßes sich will überheben.
Als Pocher lebt auf kurze Frist,
Der immer doch ein Socher ist.
Die Güße haben groß Getöse
Und kurzen Fluß, das ist böse.
Das Meer ist ein groß Gewässer;
Doch büßt den Durst ein Brunnen beßer.
Ein Mann den Riemen schneiden soll
Nach der Haut, so ziemt es wohl.

Macht er den Riemen allzu breit,
Das wird ihm an der Haut noch leid.

Wer sein Gold an baare Haut
Spannt, dem wird es allzu traut.

Man soll vollen Becher tragen
Eben, hört ich immer sagen.

Das Glück ist rund wie ein Ball:
Wer steigt, der fürchte seinen Fall.

Man soll den Mantel kehren
Nach des Wetters Lehren.

Mancher wird des Wahns nicht frei,
Daß sein Leben das beste sei;
So dünkt auch manchen dummen Mann
Die Kunst die beste, die er kann.

Betrogen ist wohl Aller Muth,
Die sich selber dünken gut.

Wenn man zwei Ding' auf einmal thut,
Gerathen beide selten gut.

Gedanken schickt und Augen aus
Das Herz zur Jagd aus stillem Haus.

Wer möchte Bande finden,
Die meine Gedanken binden?
Man mag wohl fangen Weib und Mann;
Gedanken Niemand fangen kann.

Die dicksten Mauern einer Burg,
Ich gedenke doch hindurch.

Es ward kein Kaiser noch so reich,
Ich bin ihm in Gedanken gleich.

Was meine Augen recht ersahn,
Das mag ich wißen ohne Wahn.

Ich halte viel, das man gesagt,
Für Wahrheit bis ich nachgefragt.

Wahrheit braucht andre Zeugen nicht,
Bezeugt sie Hand, Gehör, Gesicht.

Ichwähne und Ichglaubewohl,
Die eßen gern mit Thoren Kohl.

Die Leute kann ich außen sehn,
Doch ihre Herzen nicht erspehn.

Brot unter Spänen
Erkenn ich ohne Wähnen.

Wir leben all auf Hoffnung hin;
Der Sorg ich niemals ohne bin.

Mich dünkt, wenn ich alleine bin,
Ich habe tausend Männer Sinn,
Und komm ich hin wo Leute sind,
So bin ich dummer als ein Kind.

Die Erd ist an Geschöpfen reich
Und keines sieht dem andern gleich.

Würde Wer nach Blumen gaffen,
Wären sie alle gleich beschaffen?

Die Welt manch schönen Menschen hegt,
Der doch ein bitter Herze trägt.

Zu manchen Dingen griff ich jach,
Die mich gereuten bald darnach.

Uebereilung mag nicht frommen,
Man soll erst zur Besinnung kommen.
Es übereilt sich eher ein Mann
Als er sich versäumen kann.
Vorschnell zu allen Zeiten
Soll einen Esel reiten.
Was seltsam ist das gilt für gut,
Wenn man es aus dem Wege thut.
So Gutes weiß ich nichts auf Erden,
Es mag uns überlästig werden:
Auch das allerbeste Spiel
Wird uns endlich doch zu viel.
Der Sommer selbst würd uns verdrießen,
Sollten wir ihn stäts genießen.
Wer ohne Sonne müßte sein,
Nähme vorlieb mit Mondenschein.
Wem viel Herzeleid geschah,
Dem geht ein Kummer nicht zu nah;
Wem selten Herzeleid geschieht,
Den kränkts, wenn ihm ein Wunsch mißrieth.
Nach Kummer schmeckt die Freude gut,
Nach Freuden Kummer wehe thut.
Auf Freude folgt ein Leid behende;
Manch Trauern nimmt ein fröhlich Ende.
Jede Zeit hat ihre Zeit:
Leid nach Lust bringt Traurigkeit.
Man lebe bei der Freude froh,
Bei Trauer traurig, kommt es so.

Froh, wenn Alles mißräth,
Solche Freud ist selten stät.
Bekümmertem Herzen
Ist nicht wohl beim Scherzen.

Ein Geschlecht sinkt nieder,
Ein andres hebt sich wieder.
Verwandte sagen: half ich dir,
Nach gleicher Wage hilf du mir.
Die eigne Schande vermehrt,
Wer sein Geschlecht verunehrt.
Im heißen Peche rühren,
Muß zur Besudlung führen.
Wer sich mischt unter Kletten,
Der will sich unsanft betten.
Unter Böse mische sich
Nie der Gute, rath ich.
Wenn man Linden pelzt auf Dorn,
So ist beider Recht verlorn.
Die Klette wie der Hagedorn
Bringt den Biedermann in Zorn.
Den Boden kratzt so lang die Geiß
Bis sie weich liegt mit dem Steiß.
Mich bedünkt ein weiser Mann,
Der gute Tage vertragen kann.
Wer mit Gemach nicht weiß zu leben,
Dem wird Ungemach gegeben.

Wohl mir, baut ich dort nur wohl,
Wo ich ewig leben soll.

Wer fliegen will, der fliege doch
Nicht zu nieder noch zu hoch.

Der Lauscher an der Wand vernimmt
Selten was ihn froher stimmt.

Steigen soll man in der Jugend
Von einer Tugend zur andern Tugend.

Neuer Dinge freut sich
Jedermann, so thu auch ich.

Niemand sich des Neuen freue,
Das bald zergehen muß mit Reue.

Man sieht nicht oft den Weißagen
In seinem Lande Krone tragen.

Ich ersah nie guten Bolz
Ohne Feder, ohne Holz.

Noch keinem ist so wohl geschehn,
Daß er nicht soll zur Erde sehn,
Denn von der Erd ist er genommen
Und soll zur Erde wieder kommen.

Vor der Distel hüte sich
Der Barfüßge sonderlich.

Wer ist fern oder nah,
Dem nie Widriges geschah?

Alles was auf Erden ist
Muß sich scheun vor Menschenlist;
Doch schafft dem Menschen selbst Beschwerden
Das Unbedeutendste auf Erden.

Hienieden lebt kein Mann so frei,
Der ohne Widersacher sei;
Doch näher geht ihm nie ein Strauß
Als den er kämpfen muß zu Haus.

Wer zugleich vier Fehden hat,
Der schlichte drei: das ist mein Rath.
Will er die Gegner all besiegen,
Mag er wohl Einem unterliegen.

Wie lang ein Schaft sich strecken mag,
Er ist sechs Stäben doch zu schwach.

Breite Huben werden schmal,
Theilt man sie mit großer Zahl.

Unkraut wächst ungesät,
Was oft schönem Korn mißräth.

Wer nicht anders fahren mag,
Der fährt die Nacht und läßt den Tag.

Uns wird auf keiner Tagefahrt
Lieb oder Leid erspart.

Der hat übeln Bericht,
Der das Böste merkt, das Beste nicht.

Bist du des Einen Fehls nicht frei,
Die andern lockst du bald herbei.

Niemand ist so vollkommen,
Der allem Tadel wär entnommen.
Ohne Tadel ist Niemand gar,
Das wird man an der Welt gewahr.

* Man findet schwerlich ein Bette,
Das keine schlechte Feder hätte.

Von Dornen mag man Blumen brechen,
Die doch weh thun, wenn sie stechen.

Manche schöne Blume sprießt,
Die aus bittrer Wurzel schießt.

Ist eine Matte gemein,
Deren Gras ist gerne klein.

Thut man Feuer zu dem Stroh,
Gleich entbrennt es lichterloh.

Schimpf und Schade sind uns leid
Und lästerliche Wahrheit.

Wer sein Laster decken will
Mit meiner Schande, das ist zu viel.

Was ihr wollt, das man euch thu,
Thut Ihr auch, es gehört dazu;
Was euch wär von Andern leid,
Das meidet: das ist Seligkeit.

Dazu hat man Bürgen,
Man soll die armen würgen.

Ein Haus gar bald zergehen wird,
Hat es mehr als einen Wirth.

Es mag uns manche Schande sparen,
Hat man willge Nachbaren.
Wer mit Ehren denkt zu alten,
Der soll zu seinen Nachbarn halten.

Es meldets leicht der eine Bauer
Vom andern, ist sein Trinken sauer.

Ich muß hören und sehen
Und soll doch Niemands Schand erspehen.

Mancher rügt erst selber sich,
Nur daß ers zeihen dürfe mich.

Mancher spricht sich selbst zu Schaden:
Der führt nur was er hat geladen.

Willst du nach meinem Schaden fragen,
So werd ich bald von deinem sagen.

Ein Bauer sagt vom andern Dinge
Und Er liegt in derselben Schlinge.

Beginnt des Nachbarn Haus zu brennen,
So muß ich aus dem meinen rennen.

Reichem Bauern geht es an die Haut,
Wird der Vogt ihm zu vertraut.

Der Baur hat Grund, daß er sich bläht,
Der vor in seinem Dorfe geht.

Es ist kein Meßer, das schärfer schiert
Als wenn der Bauer zum Herren wird.

Aufs Scheren mag er sich verstehn:
Es ist ihm früher auch geschehn.

Erbsen, Bohnen, Linsen
Setzt er ein zu Zinsen.

Darum sind Gedanken frei,
Daß die Welt nicht müßig sei.

Wer sich mit Eiden fristet,
Der hat mich überlistet.

Stäch ein Eid wie ein Dorn,
So viele würden nicht geschworn.

So viel Witz wohnt Niemand bei,
Daß er weiß wie er beschaffen sei.

In den Spiegel schau ein ganzes Jahr,
Wie du aussiehst wirst du nicht gewahr.
Wer sich besieht im Spiegelglase,
Den dünket krumm die eigne Nase.

Thöricht, wer guten Samen
In Dornen sät und Bramen.

Wer Perlen vor die Schweine schüttet,
Dem sind die Sinne wohl zerrüttet.

Unten zerplatzt der Sack,
Der oben nichts mehr faßen mag.

Den Dornzaun und den Sack
Niemand versöhnen mag.

Wer gut spricht und übel thut,
Der hat ungetreuen Muth.

Wir geloben Gott mit Worten viel:
Die Werke man noch sparen will.

Schöne Worte helfen nicht,
Wenn man sie an den Werken bricht.

An den Werken sieht man wohl
Wie viel man Worten trauen soll.

Es hebt sich mancher große Wind,
Des Folge kleine Regen sind.

Manche Sache wird hoch gehoben,
Die nieder liegt nach kurzem Toben.
Merket, wer zu laut gedroht,
Den fürchtet Niemand nur ein Brot.

Wem vor einem Blitzstral graut,
Der wird in Aengsten oft erschaut.

Ich will armen Weißagen
Meinen Kummer selten klagen.

Wie man ruft in den Wald
In gleichem Ton es widerhallt.
Wie Eine Minne die andre sucht,
So auch Ein Fluch dem Andern flucht.

Ich mißfalle manchem Mann,
Der mir auch nicht gefallen kann.

Wer übel von dem Andern spricht,
Den zieht er doppelt vors Gericht;
Hätt er in Güte sein gedacht,
Nicht halb hätt ers ihm heim gebracht.

Ich kann mit allem Sinnen
Mir selber nicht entrinnen.

Ich entränne gern, wüßt ich wohin,
Da ich überall ein Mensch nur bin.

39. Vom Hunger.

Der Hunger ist der beste Koch,
Den man je fand und findet noch.

Ist der Hungrige noch bloß,
So ward kein Leib noch je so groß.

Krankheit, Armut, schlechte Kost
Macht lang die Zeit und Sommers Frost.

Wer ohne Hunger essen soll,
Dem schmeckt die Speise selten wohl.

Wenn das satte Kind nicht essen kann,
Steht ihm der Honig selbst nicht an;
Wem aber weh der Hunger thut,
Den dünkt geringe Speise gut.

Die beste Kost, der beste Trank,
Ihre Süße währt nicht spannenlang.

Manche Kost an Orte kommt,
Wo sie mehr schadet als frommt.

Eine Speise ist so gut
Als die andre, die das ihre thut.

Auf sattem Bauche pflegt zu stehn
Ein frohes Haupt, hab ich gesehn.

Ein Thor, der seiner Kinder Brot
Den Hunden giebt in Hungers Noth.

40. Von Wahn.

Ein Weib mit Farben überzogen,
Daran wird man leicht betrogen.
Ein Kind nähm ein gefärbtes Ei
Für ungefärbter Eier zwei.
Ich habe manchen Mann gekannt,
Der Gold suchte und Kupfer fand.
Manches Haupt hat goldnen Schein:
Doch soll der Zopf von Kupfer sein.
Uebersilbert gegen Ueberzinnt,
Er gewinnt nicht viel, der da gewinnt.
Der wird nicht viel verdienen,
Der Glas kauft für Rubinen.
Wer die Haut von Hunden hält
Für Zobelbalg, der ist geprellt.
Aus Lindenbast Scharlachen,
Das kann Niemand machen.
Wenn dem Stiefvater glich'
Ein Kind, das wäre wunderlich.
Kunst ohne Wißenschaft
Verliert Arbeit und Kraft:

Ehr ohne Nutzen ist dem gleich;
Doch ist ohne Ehre Niemand reich.

Was taugt ein Schlegel ohne Stiel,
Wenn man Blöcher spalten will?
Die Glocke muß den Klöpfel haben,
Soll ihr Klang die Ohren laben:
Zu reden hilft nicht Kunst noch List
Dem der lahm von Zungen ist.

Witzes hat der nicht zu viel,
Der den Ofen übergähnen will.

Der mag wohl Schaden schauen
Wer über sich will hauen.

So mißgeschaffen ist kein Mann,
Er sieht sich für eine Schönheit an.

Es dünkt oft eine Aeffin
Sich schöner als die Königin.

Wer in der Mühle harfen will,
Der darf nicht sagen: Schweiget still!
Wo die Nüße schälen Kindelein,
Da mag der Lohn geringe sein.

41. Von Gut und Uebel.

Ein Nagel auf den andern bringt
Bis er ihn hinunter zwingt.
So vertreibt ein Uebel oft das andre
Bis man zu beiden spricht: Nun wandre!
Mir schmeckt das Obst nicht allzu wohl,
An dem ich erwürgen soll.
Es hilft den Bauern nicht von dannen
Die Rinder hintern Wagen spannen.
Kein Platz läßt sich am Wagen denken
Das fünfte Rad daran zu henken.
Wer schlagen will, soll um sich sehn
Was ihm dawider mag geschehn;
Denn was man auch vom Schlagen glaubt,
Widerschlagen bleibt erlaubt.
Dem Hengst rühr an die Wunde,
So schlägt er aus zur Stunde.
Die Lauge macht die Wäsche schön;
Sie selbst wird endlich trübe stehn.
Dreierlei ist eine Noth,
Das vierte aller Freuden Tod:

Jung enthaltsam bleibt man schwer,
Mild in Armut schmerzt noch mehr,
Hungern und Andre eßen sehn,
Wenn gute Speisen vor uns stehn,
Endlich seine Feinde lieben:
Die vier weiß ich nicht all zu üben.

Des Weihen Flug, des Fisches Fluß,
Der Schlangen Schlupf, des Donners Schuß,
Und wie gerathen wird ein Kind,
Das sind Straßen, die uns unkund sind.

Was wir noch Freuden je ersehn,
Das ist uns wie im Traum geschehn.

Mein Herz im Traume Wunder sieht,
Das nie geschah und nie geschieht.

Mit Einem Auge möcht ich sehn
Am Nacken, könnt es da mir stehn:
Viel Unart, die sie jetzo treiben,
Würde dann wohl unterbleiben.
Gar oft ich gerne sähe
Was hinter mir geschähe:
Ein Geschoß, das wir schon kommen sehn,
Davon wird uns kein Leid geschehn.

Wen der Mühe nicht verdrießt,
Daß er immer schießt und schießt,
Endlich trifft er wohl das Ziel.
So ists mit dem, der beten will:
Er mag Gott erbitten in der Zeit,
Daß er ihm seine Schuld verzeiht.

Gott in Davids Spruche spricht:
„Meine Freunde schädigt nicht;
Es soll auch meinen Weißagen
Niemand böse Zungen tragen.“
Die rechten Christen meinet Gott,
Die gerne leisten sein Gebot;
Er meinet nicht die Christen auch,
Die nicht thun nach Christenbrauch.
Wär ich in des Kaisers Acht,
Und hätte den vor ihn gebracht,
Der seine Huld wie ich verlorn,
Den Kaiser brächt es wohl in Zorn.
Würb ich für den um seine Huld:
Damit vermehrt ich meine Schuld.
Kein Sünder andre trösten soll:
„Ich erwerb euch Gottes Gnade wohl “
    Meiner Sprüche keiner ist beladen
Mit Lügen, Sünde, Schande, Schaden.
In eines dieser Worte fällt
Alle Missethat der ganzen Welt.
Wer ohne die viere beßer spricht
Als ich, dem widerstreit ich nicht.
    Lange Schenkel muß er haben,
Der zwei Wege denkt zu traben.
    Der Gefangenschaft entstrebt
Alles was in Banden lebt.
    Nun merket, der gefangen ist,
Der verwendet alle List

Bis er sich aus der Haft befreit
Mit Lügen oder Wahrheit.
Läg ich in des Kerkers Haft,
So gönnt ich Jedem gern die Kraft
Und wär es einem Thoren,
Eh ich so gieng verloren,
Damit er mich entbände:
Wenn ich nur Freiheit fände!
Bann und geistlicher Orden
Sind nun zum Spott geworden.
Sollten alle Flüche kleben,
Es würden wenig Leute leben.

Ich weiß die Frau und manchen Mann,
Der nichts Gutes reden kann,
Und kann von übeln Dingen
Wohl sagen doch und singen.

In drei Dingen muß bestehn
Was Uebles und Gutes soll ergehn:
In Wille, Wort und Werk beruht
Alles was übel ist und gut.

Der Hammer und der Amboß
Geben sich harten Gegenstoß.
Von gleicher Härte Stein auf Stein
Malen kein Getreide rein.
Schmal bleibt stäts des Waßers Fluß,
In den man Waßer tragen muß.
Ein Mann muß hören selbst und sehn
Soll er Ehr und Zucht begehn.

Ich gäbe meinen freien Muth
Nicht um das allerbeste Gut.

Armem Wirthe schwere Last
Ist ein ungebuldger Gast;
Ist der Wirth auch unbescheiden,
Das schadet ihnen beiden.

Auf guten Wegen krumm
War zuletzt nicht um.

Wen man findet ohne Wehr,
Den überzieht ein schwaches Heer.

Fänd ich ohne Wehr ein Land,
Das zwäng ich wohl mit Einer Hand;
Einen wohlbewehrten Mann
Reitet man im Zorn nicht an.

Wer freundlich grüßt einen Mann,
Den er gar nicht leiden kann,
Will sich zur Hölle stehlen
Wie gern ers möchte hehlen.

Viel Dinges man vergißt,
Des man sich theuer vermißt.

Wer sich selber sollte
Schaffen wie er wollte,
Der würde viel vergeßen,
Das Gott uns zugemeßen.
Wär es ihm ein großer Preis,
Schüf er sich in Sackes Weis,
Und zwei Ermel hiengen dran
Wie einem handlosen Mann?

„Was geschehn soll, das geschieht!"
Im Guten ja, wenns Gott beschied;
Doch sonst geschieht, wers merken wollte,
Viel, das nicht geschehen sollte.

Dünkt dich schönes Weißbrot krank,
Mach beßeres und habe Dank.

Wer mich um Dinge bäte,
Die ich gerne thäte,
Der Bitte wollt ich ihn gewähren,
Käm ers artig zu begehren.

Lautrer Wein, und rein und gut,
Verjüngt noch altem Mann den Muth:
Schlechter Wein, und trüb und kalt,
Macht Jugend vor den Zeiten alt.

Das Meer durchwaten ist schwer;
Sich der Welt ersättigen noch mehr.

Viel Dinge zeigt das Auge mir
Und regt Verlangen und Begier;
Ich fühlte kein Gelüste,
Wenn ich davon nicht wüßte.

Vielkarg und Ebenkarg
Sollten theilen drei Mark:
Vielkarg begehrt das gröste Theil;
Das ist dem Ebenkarg nicht feil.
Der Streit bleibt noch zu scheiden
Unter den kargen Beiden.

Wer den Leuten allen
Wohl will gefallen,

Den Armen und den Reichen
Muß er die Rücken streichen,
Den Jungen und den Greisen,
Den Thoren und den Weisen:
Will er alle sich gewogen sehn,
So darf er selten müßig gehn.
Der jungen Klosterleute Sinn
Wär gern heraus, wie wir darin.
Der Mönche wollt ich Einer sein,
Die für Waßer tränken Wein.
Die Bittfahrten wären gut,
Verkehrten sie nicht reinen Muth
An manchem Mann, der immerdar
Nur schlechter wird als er schon war.
Was man in der Jugend thut,
Darnach erglüht uns stäts der Muth;
Beginnt man dann zu alten,
So mag er wohl erkalten.
Wer malen will, soll erst entwerfen,
So mag er sich sein Urtheil schärfen.
Will der Sieche den Gesunden laben,
Der Todte den Lebenden begraben,
Verflucht man die da selig sind,
Segnet des Teufels Ingesind,
So sollt ihr wißen sonder Streit,
Daß uns naht des Fluches Zeit.

42. Von Unkunde.

Großer Dinge vier sind uns nicht kund,
Die man doch nennt zu jeder Stund:
Seele, Engel, Gott und Wind,
Wie heimlich uns die viere sind,
Doch sagt uns Niemand ohne Wahn,
Wie sie beschaffen und gethan.

Der Christen Glauben kann man nicht
Ergründen, was ein Thor auch spricht.
Aller menschliche Sinn
Reicht nicht für den Glauben hin.

Meinen Christenglauben
Laß ich mir nicht rauben,
Auf künftiges Gelingen
Die Hoffnung nicht entringen.

Die gröſte Freude hier auf Erden
Iſt die Hoffnung, daß wir selig werden.
Hoffnung tröſtet alle Welt,
Daß einſt des Kummers Nacht sich hellt.

Hoffnung freut manchen Mann,
Der nie Herzensglück gewann.

Hoffnung größer Glück verleiht
Als die liebe Sommerzeit.

Wer gerne mit den Leuten spricht,
Wenn er sie braucht und anders nicht,
Den laßen auch die Leute stecken,
Bedarf er sie zu seinen Zwecken.

Wie die Leute verschieden sind
Ein Jeder ist doch Adams Kind.

Der Mann soll mit den Leuten sein;
Mit Wölfen mag er nicht gedeihn.

Könnt ich mich anders nicht ernähren,
So wollt ich mich mit Wölfen wehren.

Die Neßel macht sich bald bekannt,
Nimmt man sie in bloße Hand.

Mancher mir die Straße wehrt,
Die er doch selber gerne fährt.

Wer mir verleidet guten Sinn,
Ist wenig weiser als ich bin.

Selten baut Entzweiung wohl,
Drum ist manch Feld der Disteln voll.

Die ganze Welt nicht wieder kann
Zu Gnaden bringen einen Mann:
Will er nicht selber sie erlangen,
Kann all ihr Bitten nicht verfangen.

Wir sehen leidge Mären
Die Herzen oft beschweren,
Denn leidge Märe wird so groß,
Die gute stirbt bald hoffnungslos.

Je weiter Märe kommt geflogen,
Je mehr wird noch hinzu gelogen.

Des Andern Nacken kann ich sehn;
Den meinen mag ich nicht erspehn.

Es gewann kein Mann so starren Muth,
Er that doch unterweilen gut.

Daß verstohlne Waßer süßer sind
Als offner Wein, weiß jedes Kind.

43. Von Thieren.

Der Löwe scheut den Mann und flieht,
Wenn er ihn hört und noch nicht sieht.
Der Löwe wird nicht leicht verzagen,
Wenn ihn die Hasen wollen jagen.
Wären alle Thiere gleicher Art,
Der Löwe scheute sie geschart.
Die Löwin gebiert ihr Junges todt:
Des Leun Gebrüll entziehts der Noth.

Dem Wolf mißziemt des Schafes Kleid,
Das ihm kein keusches Herz verleiht.
Wo der Wolf zum Hirten wird,
Da sind die Schafe bald verirrt.
Wer Wölfe nimmt zu Rathgeben,
Der will den Schafen an das Leben.
Will der Wolf des Richtamts pflegen,
So gehn die Lämmer aus den Wegen.
Wie heilge Zeit wär uns beschieden,
Wo der Wolf den Lämmern gäbe Frieden!
Wie oft der Wolf ins Kloster geht,
Die Lämmer er doch nicht verschmäht.

Ein Wolf war krank; als er genesen,
War er ein Wolf wie er gewesen.

Wenn der Bock den Wolf bekriegt,
So weiß ich wohl wer unterliegt.

Des Wolfes Zahn, wo ich den weiß,
Da hüt ich meiner Hand mit Fleiß,
Daß er mich nicht verwunde:
Sein Biß schwiert aus dem Grunde.

Wie man die Hunde ziehe, bitte,
Sie behalten immer Hundesitte.

Einen Rindsschenkel nähm ein Hund
Für rothen Goldes tausend Pfund.

Geh er zur Kirch ein ganzes Jahr,
Er bleibt ein Hund doch immerdar.

Schön thun soll man fremdem Hund,
Daß er nicht knurre zu aller Stund.

Mancher Hund mag wohl gebaren;
Sein Beißen bringt uns doch Gefahren.

Ein Hund pflegt kein Heu zu freßen,
Und greint doch, sieht ers Lämmer eßen.

Zwei Hund an Einem Beine nagen
Ohne Knurren, hör ich selten sagen.

Zwischen Hunden und Katzen
War Beißen stäts und Kratzen.

Der Hund hat Leder gefreßen,
Will man seiner Dienste vergeßen.

Selten gute Freunde sind
Der Hofwart und des Jägers Wind.

Will sich der Fuchs des Mausens schämen,
Würd er ein höher Amt wohl nehmen.
Wenn ich dem Fuchs das Mausen wehre,
So weiß er nicht wie er sich nähre.
Den Füchsen wär der Jäger hold,
Wären ihre Schwänze Gold.
Der Fuchs ist wohl ein arger Schalk;
Doch verräth ihn Kehle stäts und Balg.
Wer Fuchs mit Füchsen prellen soll,
Kenn ihre Winkelzüge wohl.

Wer sich kratzen will mit Bären,
Dem muß die Haut zuweilen schwären.
Des Bären zorniger Muth
Ihm selber großen Schaden thut.

Wenn ein Ochse wie ein Rind gebart,
So schlug er auch nicht aus der Art,
Kommt ein Ochs in frembes Land,
Er wird doch für ein Rind erkannt.
Ein daheim erzogen Kind
Gilt am Hofe für ein Rind.
Dem Ochsen wird ein übel Leben,
Will er dem Stecken widerstreben.

Wo die Ochſen Kronen tragen,
Muß man von Kälbern Gutes ſagen.

Wer da lobt der Schnecke Springen
Und des Ochſen Singen,
Sah nicht wie der Pardel ſprang,
Noch hört' er Nachtigallenſang.

Mit dem Eſel kam der Ochs in Streit
Ueber Anſtand und Höflichkeit:
Wer da den Sieg von dannen trug,
Der blieb doch ungeſchickt genug.

Wo man den Eſel krönt,
Da iſt das Land gehöhnt.

Wohin die Eſel ſich begeben,
Da müßen die Diſteln beben.

Der Eſel ijaht in dem Wahn,
Wohlgeſungen ſei daran.

Eſelsſtimme, Kuckucksſang
Erkenn ich gleich an dem Klang.

Der Eſel ſteht und ficht alsbald,
Sieht er den Wolf von fern im Wald.
Thöricht, daß er ſtille ſteht,
Da es ihm doch ans Leben geht.

Der Eſel fürchtet ſich nicht ſehr,
Wenn der Löwe kommt daher;
Das thut er nicht aus ſchlauer Liſt,
Allein, weil er ſo thöricht iſt.

Sah ein Esel, daß der andre fiel,
So kommt er nicht ans gleiche Ziel.
Nun seht, das ist ein dummes Thier
Und viel gescheider doch als wir.

Mancher möchte gerne sein
Ein Esel oder Esellein
Nur daß man von ihm sagte
Wie ihn Muthwille plagte.

Wie man den Maulesel frage,
Daß er seine Herkunft sage,
Den Oheim wird er nennen,
Den Vater nicht bekennen.

Nur das Reh ist ohne Gallen,
Neidlos kein ander Thier von allen.

Eine böse Hochzeit kriegt
Die Maus, die in der Falle liegt.
Es hat noch selten kluge Maus
Den Fuchs geladen in ihr Haus.
Ungern erzieht die Maus ihr Kind
Wo sie weiß, daß Katzen sind.
Man sieht nicht oft ein reiches Haus
Ohne Dieb und ohne Maus.
Wo junger Mäuse laufen viel,
Da hebt die Katze gern ihr Spiel.

Die Frösche thun sich selber Schaden,
Wenn sie den Storch zu Hause laden.

Die Weisen wißen heute,
Worauf ich Thor hier deute:
Die Frösche haben einen Vogt gewählt,
Der sie jetzt rechtschaffen quält.
Sie wollten Alle heißen gleich,
Drum gaben Freiheit sie und Reich
Dem Storchen, der sie jetzo schindet,
Sich stäts der Herschaft unterwindet.

Der Krebs geht immer hinter sich
Mit seinen Füßen: wie wunderlich!

Der Esel und die Nachtigall
Singen ungleichen Schall.
Die Nachtigall hat üble Zeit,
Wenn ein Esel oder Ochse schreit.
Ich nähme Nachtigallensang
Für der süßen Harfe Klang.

Der Pfau hat teuflischen Gesang,
Engelskleid und Diebesgang.

Die Krähe badet sich mit Fleiß
Und wird damit doch nimmer weiß.

Des Raben Stimm ich fliehen will;
Sein Athem tödtet Federspiel.

Die Geier eilen hinzufliegen,
Wo ein Aas sie sehen liegen.

Die Elster sprach (es ist schon lang)
Zur Taube: Lehrt mich euern Gang.
Die Taube sprach: „Ich lehr euch gern,
Nur laßt die alten Tücken fern.“
Ob sie nun nach gieng oder vor,
Sie pickte rechts und links ins Moor.
Wer Schalkheit lernte in der Jugend
Kommt schwerlich noch zu später Tugend.

Karabrius ein Vogel ist,
Des Klugheit geht vor Menschenlist.
Der Sieche, den er angeschaut,
Fühlt gleich sich wohl in seiner Haut;
Wenn ein Siecher nicht genesen kann,
So blickt er ihn nicht wieder an.

Mit dem Falken mag es übel stehn,
Der zu Fuß muß nach der Speise gehn.

Des Kuckucks Sang steht da im Werth,
Wo man von Beßerm nichts erfährt.
Was man den Kuckuck möge lehren,
Sein Singen wird er nicht verkehren.
Ein schöner Vogel ist der Gauch
Und ist doch bös und lüstern auch.

Die Rebhühner stehlen
Sich die Eier, die sie hehlen
Und brüten wie ihr eigen Kind.
Wenn die zu Vögeln geworden sind,

Erspähn sie bald die eigne Mutter
Und fliegen zu ihr weg vom Futter.
Die Stiefmutter bleibt allein;
Sie wollen bei der rechten sein.
So stiehlt der Teufel manchen Mann
Von seiner Mutter wenn er kann.
Die Mutter ist die Christenheit,
Die Jedem Gnad und Trost verleiht,
Die rechte Mutter Manchen lehrt,
Daß er sich von Sünden kehrt.
So sieht der Teufel sich betrogen,
Wenn ihm sein Rebhuhn fortgeflogen.

Wie hohen Muth ein Mann noch trug,
Er hatt an Einem Weib genug.
Viel beßer hat es doch der Hahn:
Dem sind zwölf Hennen unterthan.
Daß er der zwölfe Meister ist,
Das geht vor Salomonis List;
Doch spielt' ihm Einer einen Possen,
Hätt er noch andre Hausgenoßen.

Von Eulenart wohl stammen mag,
Wer die Nacht nimmt für den Tag.
Daran hält jeder Vogel fest:
Alle Jahr ein neues Nest.
An seinem Neste sieht man wohl
Wie man den Vogel loben soll.

Die Flieg ist, wird der Sommer heiß,
Der kühnste Vogel, den ich weiß.
Fliegen, Flöh, des Teufels Neid
Quälen die Leute jederzeit.
Dem Löwen wollt ich Frieden geben,
Ließen mich die Fliegen leben.
Die Mücke muß die Lungen füllen,
Will sie den Ochsen überbrüllen.
Will der August ein Ende nehmen,
Zergeht die Hochzeit auch der Bremen.
Die Käfer unbesonnen fliegen,
Drum sieht man sie im Kothe liegen.
Zu hoch emporgeflogen
Haben sie sich selbst betrogen.

Eine Semmel ist beßer auf dem Tisch
Als im Strom ein großer Fisch.

Wer die Schlangen hecken lehrt,
Der wird mit Recht davon versehrt.
Wer zu Bosheit Andern räth
Mit Recht daran zu Grunde geht.

Wer schnellen Boten muß entsenden,
Darf sich nicht an die Schnecke wenden.
Die Schnecke und der Regenwurm
Heben selten großen Sturm.

44. Von Gut und Geld.

Schätze liebt nun Mann und Weib
Mehr als Ehre, Seel und Leib.

Wer Geld zu mehren nur bedacht,
Hat selten Arme reich gemacht.
Die Hort zu häufen streben
Sind unbereit zu geben.

Minne, Schatz und Hauptgewinn
Verkehren guter Leute Sinn.

Der Vogt in Hüll und Fülle lebt,
Wo Schatz sich wider Schatz erhebt.

Begrabner Schatz, verborgner Sinn,
Davon hat Niemand Gewinn.

Des Menschen Sinn ist allzeit dort,
Wo er verborgen weiß den Hort.

Dem Horter wird nichts von dem Hort:
Er sieht und kennt nur seinen Ort.

Pfenningssalbe Wunder thut,
Sie erweicht oft harten Muth.

Hätte der Wolf Pfenninge,
Er entgienge wohl der Schlinge.

Man ließe Wölf und Diebe leben,
Hätten sie genug zu geben.
    Man soll wohl nach dem Pfenning streben,
Denn ohne Geld mag Niemand leben.
Wer den Pfenning lieb hat,
Begeht noch keine Missethat;
Doch liebt man jetzo Gut und Geld
Ueber Alles in der Welt. ·
    Der ist noch nicht allzu karg,
Der den Pfenning nimmt für die Mark.

45. Von Rom.

Alles Schatzes Flüße treiben
Nun nach Rom, wo sie verbleiben:
Und doch füllt es sich nicht gar:
Es ist ein übel Loch fürwahr.

Auch alle Sünde kommt dahin,
So läßt man dann die Leute ziehn:
Wen man darf behalten,
Des muß das Glück wohl walten.

Wer sieht wie es die Römer treiben,
Wird kaum bei seinem Glauben bleiben.

Römscher Send (synodus) und sein Gebot
Ist der Pfaffen wie der Laien Spott.
Acht, Bann und Gehorsam
Bricht nun Jeder ohne Scham.

Wend es Gott uns nur zum Heil,
Bänne sind da wohlfeil.

Wer falscher Eide auch begehrt
Der findet sie für Pfenningswerth.

Wo blieb nun der einst Rom besaß?
In seinem Pallast wächst nun Gras.

Da mag ein Fürst ein Beispiel sehn,
Wie sein Lob im Tode bleibt bestehn.
Rom bezwang mit seiner Kraft
Einst aller Herren Herschaft;
Zur Knechtschaft sank es jetzt herab:
Den Lohn der Falschheit Gott ihm gab.
    St. Peter kam an eine Statt,
Wo ein Lahmer um Almosen bat.
Nun hört, was sprach St. Peter da,
Als er den Lahmen liegen sah?
„Gold und Silber sind mir fern;
Doch was ich habe, geb ich gern."
Den Segen gab er ihm zur Stund
Und sprach: „Steh auf und sei gesund."
Gäbe noch der Pabst uns so,
Die ganze Christenheit wär froh.
    Lesen hört ich zu Latein,
Der Pabst soll lebend heilig sein,
Oder wie er thu und werbe,
So sei er heilig wenn er sterbe.
Mag nie ein Pabst zur Hölle fahren,
So darf er gute Werke sparen;
Man tadelt wohl des Pabstes Thun:
Das muß auf Irrthum dann beruhn.
Doch wenn er Mensch wie andre ist,
So hilft ihm Kunst, Gewalt noch List,
Er muß in Menschenschranken leben.
Er kann uns gutes Vorbild geben

Und böses Vorbild auch dazu:
Gebe Gott, daß er das Beste thu.
Und daß der Pabst nicht sündgen möge,
Wie gern man uns damit betröge!
Hab er Gewalt auch noch so viel,
Er kann doch sündgen, wenn er will.
 Mancher jetzt die Romfahrt fährt,
Der hin und her vom Raube zehrt
Und spricht, der Pabst hab ihm vergeben
Was er gesündigt hab im Leben:
Hab er Wem Schaden je gethan,
Keine Schuld mehr trag er jetzt daran.
Wer das spricht, der ist betrogen
Und hat den Pabst bei uns verlogen.
 Dem Pabste ziemt nichts all sein Leben
Als Buße Sündern aufzugeben;
Er mag dem reugen Herzen
Wohl lindern seine Schmerzen.
Aller Ablaß liegt danieder,
Man gebe seinen Raub denn wieder.
Nach Gnaden und nach Minnen
Mag man Sühne wohl gewinnen.
 Wer die Sünde könnte von mir nehmen,
Der ich vor Gott mich müste schämen,
Den wollt ich suchen über Meer
Ohne Schwert und ohne Wehr.
Sünde Niemand mag vergeben
Als Gott, und darnach laßt uns streben.

Thöricht ist, wer Ablaß liebt,
Den Ein Gauch dem Andern giebt.

Merbot mit andern Wirthen,
Bauern und Hirten
Vergeben alle Sünde dort:
Die Gnade hat kein andrer Ort.

Könnte der Pabst mich machen frei
Des was ich Andern schuldig sei,
Ich wollte keinen andern Bürgen:
So möchten sie den Pabst denn würgen.

Der Pabst hat schon ein schönes Leben:
Könnt er Sünden ohne Reu vergeben,
Steinigen sollte man ihn dann,
Wenn er einen Christenmann,
Einen Türken, oder wie er hieße,
Je zur Hölle fahren ließe.
Wer das spricht, der hat gelogen;
Zu Rom wird Mancher noch betrogen.

Hätt ein Mann mit seiner Hand
Land und Leute viel verbrannt,
So ist dem Pabst Gewalt beschieden —
Welche Buß er leiden soll hienieden,
Ihm die Buße zu erlaßen,
Kann er nur wahre Reue faßen.
Lebt er des Pabstes Vorschrift nach,
Vergiebt ihm Gott was er verbrach.

Der Pabst ist wie ein irdscher Gott
Und wird doch oft der Römer Spott.

Zu Rom ist seine Ehre krank:
In fremde Lande geht sein Zwang:
Sein Hof gar oft veröbet stände,
Wenn man nicht fremde Thoren fände.

Wenn alle Krümmen werden schlecht,
Dann findet man zu Rom sein Recht.
Rom ist jetzt ein Hinterhalt
Für Trug und Lüge mannigfalt.

Die Heilgen mag man suchen dort:
Gut Vorbild sucht an anderm Ort.
Auf alle Steige, alle Stege,
Auf die Straßen, auf die Wege
Hat der Römer Gierigkeit
Viel Angelhaken ausgestreut.

Der Pabst soll nach Verdienst uns wägen
So den Fluch wie den Segen.
So schärfer schneidet nur sein Schweit,
Wenn es für Recht der Scheid entfährt.

Zwei Schwerter in Einer Schneide
Verderben leichtlich beide.
Wenn der Pabst des Reichs begehrt,
So verdirbt das ein und andre Schwert.

Das Netz ward nie in Rom gebraucht,
Das St. Peter in die Flut getaucht:
Zum Fischen dients nicht mehr der Welt.
Der römische Fischfang stellt
Nach Gold und Silber, Burg und Land;
St. Petern war das unbekannt.

St. Peter war ein werther Degen;
Gott hieß ihn seiner Schafe pflegen:
Er hieß ihn nicht die Schafe scheren;
Nun will man Scherens nicht entbehren.

Unrecht regiert zu Rom die Welt;
Recht Gericht ist abgestellt.

Dem Pabste rühm ich es zur Ehre,
Daß nie vor ihm gesprochen wäre
Ein ungerechtes Urtheil.
Allein der Hof hält Manches feil,
Woran der Pabst nicht Theil begehrt.
Man hält zu Rom Bestechung werth.
Zu Rom ist alles Rechtes Hort;
Doch ist auch alle Falschheit dort.

Dem römschen Hof nichts so gefällt
Als Verwirrung in der ganzen Welt.
Er fragt nicht wer die Schafe schiert,
Wenn nur Ihm die Wolle wird.

Ein beschoren Schaf ist wenig werth,
Wo man der Wolle nur begehrt.

Des Pabstes Ehr ist mannigfalt;
Auch wäre schwerlich die Gewalt,
Die da zu Rom, an andern Orten,
Daß nicht Unrecht größer würd als dorten.
Läge Rom in deutschen Landen,
Die Christenheit würde zu Schanden.
Was dort geschieht, klagt Mancher laut;
Ihm bliebe hier nicht Haar noch Haut.

Was in Rom zu kaufen ist,
Dabei gilt manche falsche List;
Was da steht in fremder Hand,
Von Juden löst man ehr ein Pfand.
    Fraun und Pfaffen darf man loben:
Wer sie schülte, müste toben:
Der beiden Zucht ist größer dort
Als ich wüst an anderm Ort
Außer zu Messin allein:
Da sind die Frauen keusch und rein.
    Was zu Rom ist zu schelten,
Dem laß ich Lob nicht lange gelten;
Was ich da Gutes hab ersehn,
Dem will ich Lob wohl zugestehn.
Zu Rom ist manche falsche List,
An der der Pabst unschuldig ist.
Zu Rom sind manche tausend Mann,
Die der Pabst nicht schirmen kann;
Sie werden hin und her gezogen
Und an der Seele erst betrogen
Und darnach auch an dem Gut.
Das hindert nicht des Pabstes Hut,
Wie er auch nicht verwehren mag
Stehlen, Rauben Nacht und Tag.
Wieviel da Thoren Leid geschehe,
Die Andern meiden nicht solch Wehe.

46. Von Akers.

Wie oft hab ich den Wunsch vernommen:
„Dürft ich je nach Akers kommen,
Daß ich erſäh das hehre Land,   .
Ich ſtürbe herzlich gern zuhand.“
Deren ſeh ich Manche gern noch leben
Und wieder ſehr nach Hauſe ſtreben.
Die künftig über Meer noch fahren,
Denen rath ich, daß ſie ſich bewahren:
Im Kaufhaus und im Wechſelladen
Nehmen ſie den erſten Schaden.
Ein Schlund iſt Akers und dieß Land
Für Silber, Gold, Roſs und Gewand,
Und was man ſonſt zu geben hat.
Alles verſchlingt die üble Statt.
Sie ſpotten unſer immerdar
Und ſprechen: „Nun allez, ſo fahr
Er nur hinwieder über Meer.“
Und kämen dreißig Völker her,
Sie fändens ſo wie wir es fanden,
Sie machten ſie wie uns zu Schanden.

Rom und Ackers ist ein Pflug,
An den man Thoren spannt genug.
In wenig Tagen sieht man dort
Verschlungen solchen Schatzes Hort,
Daß es mich Wunder nehmen muß,
Daß nicht vorquillt der Ueberfluß.

Man läßt, wie wirs in Ackers finden,
Sich lieber scheren doch als schinden:
Wer von dannen bringt die Haut,
Der mag wohl singen überlaut.

Krankheiten giebts hier ungemeßen.
Der Tod ist jetzt so angesessen,
Und stürben Tausend alle Tage,
Es hörte Niemand lange Klage.

Die erste Frage, die man thut
Nach dem Tod, ist: „Herr, wo blieb das Gut?"
So nimmt die Klag ein Ende,
Daß Gott es bald uns sende!

Wer nicht gerne lange lebt,
Thut wohl, wenn er gen Ackers strebt.

Christen, Juden, Heiden gar
Sind in Ackers Eine Schar.

Aller Pilgrime Heer
Trennt die Gevatterschaft nicht mehr.

So die Alten wie die Jungen
Sprechen heidnische Zungen:
Ein Heide ihnen lieber wär
Als der Christen zwei und mehr.

Drum ist es wohl kein Wunder
Münzt man da falsch jetzunder.

Zu Ackers ist mir wohlbekannt
Luft und Speise, Leut und Land:
Sie hegen allen Deutschen Haß.
Es schleicht auch Mancher überdas
Zum Kirchhof, diesem selgen Wirth,
Dem mancher Gast zu Theile wird;
Denn Der thut hier das Beste:
Er empfängt alle Gäste.
Ackers ist des Todes Grund:
Da ist nur Todt und Ungesund;
Und stürb ein ungezähltes Heer,
Man klagt' um einen Esel mehr.

Zu Ackers gilt verkehrtes Leben:
Hat der Pabst es ihnen aufgegeben
Zur Buße ihrer Missethat,
So wird des Judas auch noch Rath.
In Ackers Treu und Glaube fehlt:
Ein Heer, das hunderttausend zählt,
Verkauft man zu Ackers in der Schnelle
Wie anderwärts zehn Ochsenfelle.

Der Bau, zu Joppe unternommen,
Mag jetzt wider die Heiden frommen;
Durch die Christen geht er bald verloren,
Die mit den Heiden sind verschworen.
Des Landes Hülfe zeigte klar,
Wie wenig ihm zu trauen war.

Sollt es nach seinem Willen gehn,
Der Bau blieb' immer ungeschehn.

Das Kreuz man uns für Sünde gab
Zu erlösen hier das heilge Grab:
Dem will man mit dem Bann nun wehren.
Was soll der Seele denn Heil bescheren?

Weiter als des Mannes Schuld
Reicht kein Bann vor Gottes Huld.
Gehorsam ist so lange gut
Als der Herr das Rechte thut;
Will der Herr den Diener zwingen
Zu von Gott verbotnen Dingen,
So laße man den Herren fahren,
Sich der Gerechtigkeit zu sparen.

Der Bann sej recht oder nicht,
Man soll ihn fürchten, das ist Pflicht.
Dem Kaiser wohl geziemend wär,
Trieb er das Raunen jetzt nicht mehr,
Das er mit dem Sultan
Nun schon zu lange Zeit gethan.
Ob das ohne der Fürsten Rath
Wohl ein gutes Ende hat?
Das ist ein wunderlicher Fall:
Die Thoren glauben es nicht all;
Auch Weise hört ich schon gestehn,
Sie glaubens nicht eh sie es sehn.

Vielkarg und Ebenkarg
Sollten theilen drei Mark.

Vielkarg wollte das beßre Theil,
Dem Ebenkarg war es nicht feil:
Der Streit ist noch zu scheiden
Unter den kargen Beiden.
Der Kaiser und der Sultan
Haben diesen gleich gethan.

Fuhr je ein Kaiser über Meer
Im Bann und ohne der Fürsten Heer?
Und kommt hieher nun in ein Land,
Wo Gott noch Mensch nie Treue fand,
Und hat bei manchem Widersatz,
Den Gott mag scheiden, keinen Schatz.

Wenn mir noch das Heil geschähe,
Daß ich das heilge Grab ersähe,
Gen Acers führ ich in die Stadt:
Da würd ich guter Speise satt
Und mit dem ersten Schiff am Strande
Führ ich wieder heim zu Lande.

Was man von Acers Lob vernommen
Ist mir übel hier bekommen;
Doch ob es wahr sei, ob gelogen,
Sie haben manchen Zug gezogen.

Gern führ ich wieder über Meer
Und schickte her ein ander Heer;
Ich selber miede diesen Strand
Um die große Untreu, die ich fand.

Was mag ein Kaiser schaffen,
Da Christen, Heiden, Pfaffen

Gewaltig streiten wider ihn?
Da verdürbe Salomonis Sinn.
Dem Land ist Untreu angeboren,
Und alles Volk hat sich verschworen,
Sie immer zu beständen
Mit ungetreuen Räthen.
Mit Untreu, Hochfahrt und Neid
Liegt er in Syrien im Streit.
Wird recht des Kaisers Macht erkannt,
So muß sie fürchten jedes Land:
Seine Ehre muß hier steigen
Oder sich gänzlich neigen.

Wieviel der Kaiser hier vollbracht
Ohne des nöthgen Volkes Macht,
Statt ihm zu helfen denkt ihr Sinn
Nur wie sie streiten wider ihn.

Gen Akers ist manch Heer gekommen,
Von denen allen ich vernommen,
Daß sie so verdarben,
Daß sie nie Ehr erwarben.
Der Bann, und so viel Christen,
Mit manchen bösen Listen,
Gedachten sie ihn zu verderben:
Nun ließ ihn Gott den Sieg erwerben.
Daß ans Grab die Pilger wallen,
Gelang ihm wider ihr Gefallen.   .
Gott und der Kaiser erlösten
Sein Grab: das mag die Christen trösten.

Da er das Beste hat gethan,
So lasse man ihn aus dem Bann.
Das ist den Römern nicht zu Dank:
Was ihm Gutes wider sie gelang
Dem wollen sie Daur nicht zugestehn:
Wider ihren Wunsch ist es geschehn.
Die Sünder (Syrier?) wärens all zufrieden,
Hintertriebe noch Wer den Frieden.
Größre Ehre mag uns nicht geschehn
Von Rom, das muß man wohl gestehn.
Die in den Landen müßen sein,
In den Landen wünschen zu gedeihn,
Widerstehen nun dem Frieden doch.
Vielleicht daß durch ein Wunder noch
Die Hochfahrt ihnen wird benommen.
Könnt Untreu Wem zu Statten kommen?
    An der des Glaubens Freude hängt,
Erlösung ist der Stadt geschenkt.
Versprach uns mehr je dieser Krieg,
Als das Grab und des Kreuzes Sieg?
Wären dem Kaiser beigestanden
Die ihm seine Ehr entwanden,
Das Grab und dieses ganze Land
Stünden gar in seiner Hand:
Nazareth und Bethlehem,
Der Jordan und Jerusalem,
Dazu noch manche heilge Statt,
Da Gott mit seinen Füßen trat;

Syrien und Judäa so,
Und viel schönen Landes anderswo.
Die Straßen all uns offen stehn,
Die zu den heilgen Stätten gehn.

Die Falschen scheun es wie die Pest,
Daß sich der Kaiser hier nicht läßt
Verrathen mit so manchem Heer,
Die verderben müßten ohne Wehr.

Wer Land und Leute, Ehr und Gut
Für Gott will geben aus freiem Muth,
Wer dem das wehrt mit falschem Rath,
Thut eine große Missethat.

Dem Bann ist seine Kraft gebrochen,
Weil er aus Feindschaft ward gesprochen:
Da er dem Glauben Schaden thut,
Wie wirkte solcher Bann wohl gut?
Zu Ackers sind im Banne
Keßel und Pfanne,
Gesotten und Gebraten:
Nun mög uns Gott berathen!
Des Glaubens Meister sieht man toben.
Herr Gott, wo soll man dich denn loben,
Da die Statt im Banne ist,
Wo du selber, Herr und Christ,
Gemartert wurdest und begraben?
Keine Ehre soll dein Glaube haben.
Den Sündern ist ihr Trost benommen:
Wer mag den Sünden nun entkommen?

Zweifelnd fragts die Christenheit:
Herr und Gott, das sei dir leid.
Niemand mag das beschönen:
Dieser Bann muß höhnen
Das Grab und all die Christenheit;
Er macht den Unglauben breit.

Ich sah, daß man Christi Land
Ohn öffentliche Wehr befand:
Da hätte mans gewinnen sollen,
Als es Niemand wehren wollen.
Der Teufel schützte da das Land,
Als es uns wehrlos offen stand.
Daß nicht mehr davon bezwungen ist,
Das hinderte des Teufels List.
Wer schuldig ist, das richte Gott,
Daß wir nun sind der Welschen Spott.
Und könnten deutsche Leute
Das Grab gewinnen heute,
Die Welschen haßen uns so sehr,
Den Heiden gönnten sie es ehr.

Wer siech und arm gen Ackers fährt,
Dem wird da gar leicht beschert
Ein Haus von sieben Füßen:
Das mag die Sucht ihm büßen.
Für Sünde doch nichts Beßres ward
Als über Meer die reine Fahrt:
Ist er das Grab zu sehn gehindert,
Sein Lohn darum wird nicht vermindert.

Wer mit rechter Andacht
Das Kreuz hat über Meer gebracht,
(Das soll noch heut mein Glaube sein),
Der wird der Sünden bar und rein.
Ackers ist des Leibes Rost
Und doch dabei der Seele Trost.
Des sollt ihr ohne Zweifel sein:
Wer hier recht stirbt, wird dort gedeihn.

47. Von der Zunge.

Das schlimmste Glied, das Menschen tragen,
Ist die Zunge, hör ich sagen.
Die Zunge stiftet manchen Streit,
Entzündet heftgen Haß und Neid.
Was wir Uebels je vernommen
Ist von der Zunge meist gekommen.
Die Zunge stiftet manchen Zorn,
Daß Leib und Seele geht verlorn.
Es haben üble Zungen
Die Guten oft verdrungen.
Die Zunge stiftet manche Noth,
Die Niemand endet als der Tod.
Die Zunge Manchen schändet,
Sie verstümmelt und blendet.
Die Zunge selber hat kein Bein,
Und zerbricht doch Bein und Stein.
Die Zunge wüstet manches Land
Und stiftet Mord und Raub und Brand.
Von der Zunge kommt es meist,
Daß sich Mancher Meineids fleißt.

Wer eine üble Zunge hat,
Die verleitet ihn zu Missethat.

Die Zunge kann die Treue scheiden
Und dem Lieb sein Lieb verleiden.

Die Zunge kann entehren
Und kann das Recht verkehren.

Durch die Zunge ists ergangen,
Daß Christus ward ans Kreuz gehangen.

Von der Zunge beides kommt,
Was da schadet, was da frommt.

Für Schande weiß die beste List,
Wer der Zunge Meister ist.

Was Gut und Böses wird vernommen,
Ist von der Zunge meist gekommen.

Wenn die Zunge das Rechte thut,
So ist kein ander Glied so gut.

Ueble Zunge scheiden kann
Liebes Weib von liebem Mann.

Böse Zunge ist ein Gift,
Sagt uns David in der Schrift.

Manche Zunge müßte kürzer sein,
Gieng' es nach dem Willen mein.

48. Von Lügen und Trügen.

Lügen, Trügen ist die Sitte,
Der folgt die Welt mit jähem Schritte.
Lügen, Trügen räth zugleich
Mit Fürsten, Kaisern und dem Reich.
Lügen, Trügen sind so werth,
Ihrer wird bei Kauf und Tausch begehrt.
Lügens, Trügens ist so viel,
Daß bei Gericht mans haben will.
Lügen, Trügen werther sind
Zu Hof als manches Fürstenkind.
Lügen, Trügen hat den Preis,
Ohne sie dünkt Niemand weis.
Lügen, Trügen hat den Fuß
Gesetzt, daß man ihm folgen muß.
Lügen, Trügen thut so wohl,
Die ganze Welt ist ihrer voll.
Lügen, Trügen ward so breit,
Es fälscht die ganze Christenheit.
Lügen, Trügen, diese Kunst
Hat jetzt vor allen Künsten Gunst.

Lügen, Trügen hat die Kraft,
Sie meistert alle Meisterschaft.

Lügen, Trügen überwanden,
Sie wiegen vor in allen Landen.

Lügen, Trügen gilt so sehr,
Niemand traut dem Andern mehr.

Lügen, Trügen wirkten das,
Der Vater trägt dem Kinde Haß.

Lügen, Trügen Wer die kann,
Der gilt für einen weisen Mann.

Lügen, Trügen ist ein Amt,
Zu dem sich Mancher selbst verdammt.

Lügen, Trügen Gott verbot,
Darum sind sie der Seele Tod.

Lügen, Trügen mags erjagen,
Daß sie zu Rom die Krone tragen.

Lügen, Trügen ist ein Dorn,
Der uns herabzerrt Gottes Zorn.

Lügen, Trügen muß ich klagen,
Ich schelte sie zu allen Tagen.

Lügen, Trügen lob ich nie,
Gutes nimmer wirken sie.

Lügen, Trügen haßet Gott,
Wers thut, bricht sein Gebot mit Spott.

Lügen, Trügen hat das Heil,
Es hat an jedem Glauben Theil.

Lügen, Trügen hat das Recht,
Es macht wohl Krumm mit Worten schlecht.

Lügen, Trügen sind so groß,
Sie erhöhen manchen Nichtgenoß.

Lügen, Trügen sind so karg,
Sie machen wohl das Pfund zur Mark.

Lügen, Trügen ist ein Schild,
Wo manche Schmach Versteckens spielt.

Lügen, Trügen schickt man gern
Außer Gott zu allen Herrn.

Lügen, Trügen thun uns Schaden,
Weil sie mit Schuld die Seele laden.

Lügen, Trügen Wer die lobt,
Mögt ihr wißen, daß der tobt.

Lügen, Trügen hat den Sieg
Längst erkämpft im Erdenkrieg.

Lügen, Trügen sind so lieb,
Sie machen manchen reichen Dieb.

Lügen, Trügen sind zwei Dinge,
Die fälschen uns viel Jünglinge.

Lügen, Trügen ist ein Trost,
Der Manchen setzet auf den Rost.

Lügen, Trügen bringen für
Zu des Pabstes und des Kaisers Thür.

Lügen, Trügen ist ein Pflug,
Der Ackersleute zählt genug.

Lügen, Trügen sind ein Fall,
Des Teufels größter Freudenschall.

Lügen, Trügen sind so traut,
Man treibt sie still und überlaut.

Lügen, Trügen rühmen sich,
Daß der Pabst sie beßer kenn als ich.
Lügen, Trügen Manchen nährt,
Der mit gutem Volk verkehrt.
Lügen, Trügen sind schon alt
Und ihre Kunst drum mannigfalt.
Lügen, Trügen führt die Schar,
Ihr Volk folgt ihnen nahe gar.
Lügen, Trügen sind ein Hag:
Wohl dem, der ihn vermeiden mag!
Lügen, Trügen sind so klug:
Sie ziehen Leute nach genug.
Lügen, Trügen ist ein Schlag,
Der währt bis an den jüngsten Tag.

Wer will um Ehre lügen,
Der soll den Freund nicht trügen.
Die Lüge schadet uns viel mehr
Und hilft doch nur zu falscher Ehr.
Wer soviel erlüget
Und soviel betrüget,
Daß ihm Niemand weiter glaubt,
Der ist der Ehre ganz beraubt.
Niemand mag betrügen
Den Andern ohne Lügen.
Den Niemand kann betrügen,
Dem soll auch Niemand lügen.

Wie oft auch Gott wird belogen,
Er bleibt doch immer unbetrogen.

Ich lehre wohl einen Mann
(Der lernen will und nicht kann),
Vier Lügen walten
Und die Seele doch behalten;
Sagen will ich ihm dabei,
Daß ihm gar viel beßer sei,
Zu gutem Zweck gelogen
Als mit der Wahrheit betrogen.

Ich lüge gerne daran,
Daß es einem Biedermann
Nicht könn an Ehr und Leben gehn:
Dem wollt ich gerne widerstehn
Mit meinen Lügenlisten,
Und ihm das Leben fristen.

Wer ist der wohl, der nimmer log
Und den Lüge nie betrog?

Ein Mann wohl all die Welt betröge,
Wenn man glaubte was er löge.

Man fährt mit Lügen durch das Land;
Nicht wieder heim, wird man bekannt.

Hätt eine Lüge Christ gethan,
Die Juden griffen ihn nicht an.

Wer heute sagt die Wahrheit,
Das ist allen Lügnern leid.

Je unschuldiger ein Mann,
Je lieber lügen sie ihn an.

Es lacht wohl ein unschuldger Mann,
Wenn er hört, man lügt ihn an.

Sagt mir ein Lügner noch so viel,
So glaub ich ihm so viel ich will.

Ich glaube nimmer, daß ein Mann
Wahrheit zur Lüge machen kann,
Oder aus Lüge Wahrheit,
Wärs päbstliche Heiligkeit.

Fänd ich einen Eisenhut,
Der für Lüge wäre gut,
Und einen Schild für Schelten,
Die wollt ich theuer gelten.

Hätt ich ein Haus für Ungemach,
Verfaulen ließ' ich nicht sein Dach;
Und einen Thurm für Trauern,
Den ließ' ich höher mauern;
Und fürs Alter gute Salben,
Die strich' ich allenthalben.

Hätt ich für den Tod ein Schwert,
Das wäre tausend Marken werth;
Und für die Bosheit der Bösten
Schlüße, die sich selber lösten:
Das könnte mir Niemand gelten;
Auch ließ' ichs von mir selten.

Jedermann zu Schirme hat
Lüge für seine Missethat.

Wer auf schlechtes Pfand will borgen,
Der muß lügen heut und morgen.

Der Schild währt kaum über Nacht,
Der aus Lügen wird gemacht.

Gält eine Lüg ein kölnisch Pfund,
So löge man wohl nicht so bunt.

Wer sich auf Handelschaft will legen,
Der darf nicht Wahrsagens pflegen.

Ich glaube nicht, daß Jemand möge
Viel verkaufen, der nicht löge.

Wer zu Markte will gewinnen,
Dem muß der Muth auf Lügen sinnen.

Eh betrög ein Kaufmann mich
Eh er betrügen ließe sich.

Wer kaufen und verkaufen will,
Gewinnt an Beiden gerne viel.

Kein Mann war je so wohlgezogen,
Ihm war leid, ward er betrogen.

Lügen scheidet Freunde viel,
Wo man Lügen glauben will.

Wenn ich gerne lügen will,
So mach ich süßer Rede viel.

Ich hörte süßer Rede genug,
Die doch Gift im Schwanze trug.

Mir hat mancher Mann gelogen,
Der wähnt' er hätte mich betrogen,
Den ich auch könnte trügen,
Wenn ich ihm wollte lügen.

Man mag viel Leute trügen
Mit Gelübden und mit Lügen.

Wenn nun kommen wird die Frist,
Da dieser Welt ein Ende ist,
So mag wohl auch auf Erden
Lügens, Trügens Ende werden.

49. Vom Endechrist.

Wir haben lange wohl vernommen,
Daß der Endechrist soll kommen
Vor dem Jüngsten Gericht,
Wo uns Gott das Urtheil spricht.
Macht uns der Endchrist reich an Schätzen,
Wer wird sich dann ihm widersetzen?
Dem Glauben wird man widersagen,
Reichen Schatz davon zu tragen.
Kommt er in das deutsche Land,
Da beut ihm mancher Herr die Hand.
Mit Hochfahrt kommt der Endechrist,
Der aller Hochfahrt Meister ist.
Er will Gott und Kaiser sein;
Kein Guter mag da mehr gedeihn.
Mit diesen dreien Dingen
Denkt er die Welt zu zwingen,
Mit Marter, Zauber und mit Gaben:
Wird er noch Widersacher haben?
Den Fürsten giebt er all so viel,
Daß sie glauben was er will;

Mit Zauber er manch Wunder thut:
So verkehrt er armer Leute Muth;
Die Biedern werden Noth erleiden,
An ihrer Marter Er sich weiden.

Nicht so der wahre Gottessohn:
Ohne Hochfahrt, ohne Drohn
Lebt' er auf Erden gütig,
Bescheiden, demüthig;
Niemand wollt er zwingen,
Mit Gewalt zum Glauben bringen.
Er bot auch Niemand Schutz und Hort:
Er lehrt' uns nur sein göttlich Wort.
Christ gab zu aller Tugend Rath,
Verbot uns alle Missethat.
Niemand er mit Zauber trog:
Er ist Gott, der nimmer log.
Die euch nun beßer gefalle,
Der Lehre mögt ihr folgen Alle.

50. Von Gottes Geboten.

Gottes Gebot ists, das ihr brecht,
Wenn ihr mit Uebel Uebel rächt.
   Eines Gebots sollt Adam pflegen:
Dem zu folgen ließ er unterwegen:
Wir haben z e h n Gebote gar
Und sind doch schwächer viel fürwahr
Als Adam, da zu große Noth
Ihm schuf das E i n e Gottesgebot.
   Wer auch alle Gebote hält,
Die Gott uns gab auf dieser Welt,
Jedoch muß er in Aengsten schweben,
Ob Gott zufrieden stellt sein Leben.

51. Vom Tode.

Gott that wohl, daß er verbot,
Daß Jemand wiße seinen Tod:
Denn wüßten ihn die Leute gar,
Beim Tanz erschiene kleine Schar.
Anfang und Ende
Legte Gott in seine Hände.
Eine Noth ist es, daß Niemand mag
Dem Tod entrinnen Einen Tag.
Man mag mit allen Sinnen
Dem Tode nicht entrinnen.
Wie je die Leute warben,
Sie sorgten bis sie starben;
Und wie sie jetzt noch werben,
Sie sorgen bis sie sterben.
Wenn ich sterben lerne,
Das thu ich nimmer gerne:
So lang ich immer möge leben,
Will ich dem Tode widerstreben.
Wie ich noch lebte bisheran,
Das war übel, dünkt mich jetzt, gethan;

Dabei gefällt mir Eins noch wohl:
Daß ich noch länger leben soll.
Mich tröstet morgen der Tag viel mehr
Als was ich noch gelebt bisher.

Ein falscher Trost ist uns gegeben:
Wir rechnen Alle lang zu leben.

Zucht und Adel, Schöne, Jugend,
Ehre, Reichthum, Witz und Tugend,
Die läßt der Tod nicht unbegraben:
Uns kommt was wir verdient haben.

Die Alten leben kurze Frist,
Der Jungen Keiner sicher ist:
Entgeht er hier, entgeht er dort,
Er stirbt doch bald an anderm Ort.

Wenn man nicht länger leben mag,
Man gäb ein Reich um Einen Tag.

Hätt ich was mir nur gefiele,
Ich müßt es laßen doch am Ziele.

Wir sind zur Welt gekommen bloß;
In schlechtem Kleid läßt sie uns los.

Wie ich bloß geboren bin,
So führ ich auch nichts mit mir hin.

Die Welt nach langem Leben strebt;
Und hätt Adam bis jetzt gelebt,
Das wär gegen die Ewigkeit
Noch nicht Eines Halmes breit.

Der Mensch ist schwach in Erdennoth,
Tausendfältig ist der Tod

Ihm zu jeder Frist beschert,
Was er auch thut, wohin er fährt.

Wir haben nichts Gewisses hier
Als den Tod: das klagen wir.
Ich weiß, mir ist der Tod bereit,
Nur weiß ich nicht des Todes Zeit.

Die Welt mit Falschheit uns umwirbt:
Der Eine brautet, der Andre stirbt.

Der Tod Ein Lieb vom Andern schält
Bis er uns Alle hingezählt.

Es sind morgen alle Leute
Dem Tode näher als heute.

Der Tod die Leute von uns stiehlt
Recht als würde Schach gespielt.

Das Jahr geht hin, der Tod geht her,
Er widersagt uns ohne Sper.

Dem Tode Mancher winket,
Der über Dürsten trinket.

Mancher eilt dahin zum Grabe
Als ob er schon versäumt sich habe.
Solche Eil ist ohne Noth:
Er fänd in Muße wohl den Tod.

Mancher Mann erstirbt
Darnach als er wirbt,
Der nimmer übel stürbe,
Wenn er gerechter würbe.

Vor allen Nöthen geht die Noth:
Allem Leben droht der Tod.

Wüßt ich nur, so wär mir wohl,
Wohin ich nach dem Tode soll.
    Mir könnte Liebes nicht geschehn,
Sollt ich im Tod den Freund nicht sehn.
    Der Tod ist wie ein Hochzeitfest,
Zu dem die Welt uns laden läßt.

52 Vom jüngsten Tage.

An sechs Dinge mit großer Klage
Mahnt uns Gott am jüngsten Tage:
„Durst und Hunger trug ich Gast,
Eure Hülf entlud mich nicht der Last.
Als ich siech und nackend war,
Des nahmet ihr gar wenig wahr.
Als ich im Stock gefangen lag,
Ihr tröstetet mich Nacht noch Tag.“
   Könnt ihr die Werke nicht begehn,
So laßt doch guten Willen sehn:
Damit wär er schon gewährt
Alles des, das er begehrt.
   Armer Leute reinen Muth
Nähm ich für aller Kaiser Gut.

Himmel und Erde muß zergehn
Und dann in beßern Ehren stehn.
Es ist Recht, daß Himmel und Erde
In Feuersglut geläutert werde.
Der Teufel hat des Himmels Luft
Beschmutzt bis an die Höllengruft;

Die Erde ist so sündenvoll,
Daß man sie beide reingen soll.
Das Feuer muß sie waschen
Ohne Kohlen und Aschen:
Dann werden die Erwählten sein
Noch lichter als der Sonnenschein.
Darnach soll all die Welt erstehn,
Bevor das Urtheil mag ergehn.
Des gedenken wir in Sorgen,
Denn da bleibt nichts verborgen
Von aller irdschen Missethat,
Für die man hier nicht Buße that.
Fürsprecher haben wir da nicht,
Da Christ selbst das Urtheil spricht:
„Wer meinen Willen hat gethan,
Wird meines Vaters Reich empfahn;
So sollen die Verworfnen fahren
Zur Hölle mit des Teufels Scharen.“
Alsbald sieht man sich scheiden
Die Lieben von den Leiden;
Worauf ohn Ende werden soll
Den Uebeln weh, den Guten wohl.
Christ, der für uns litt Noth und Pein,
Wolle mit seinen Christen sein.

53. Ein Gebet.

Herr Gott, verleih mir, daß ich Dich
Erkennen möge und auch Mich.
Herr, gesündigt hab ich dir:
Gieb in deiner Güte mir
Glauben und die wahre Reue.
Bei deiner väterlichen Treue
Vergieb mir meine Missethat
Aus deiner Gnade mildem Rath,
Daß deines Namens Ehre
Und deiner Mutter währe.
Bei allen himmlischen Scharen
Laß mich meine Seele wahren.
Bei allem Gebet fleh ich dich an,
Das je ein Mensch zu dir gethan.
Laß es mir frommen, Herr und Christ,
Daß dich lobt Alles was da ist.
Bei deinen Geschöpfen alle
Hüte mich vor des Teufels Falle.
Bei allen Wundern, die du einst
Begiengst und wirst begehn dereinst,

Erlöse mich aus aller Noth
Durch deinen menschlichen Tod
Und laß dir auf die Gnade dein
Die Christenheit befohlen sein:
Sie sein lebendig oder todt,
Hilf ihnen, Herr, aus aller Noth.

Gott Vater aller Christenheit,
Lob und Ehre sei bereit
Dir von den Geschöpfen all,
Die dein Sohn erlöst hat von dem Fall.
Bei diesem Opfer, Herr und Christ,
Hilf uns, das du selber bist,
Daß wir gewinnen reinen Muth
Und uns dein Leichnam und dein Blut
Wieder lauter mach und rein
Von allen Sünden insgemein.
Erlöse dein dreifältger Namen
Alle armen Seelen. Amen.

Nachträge.

1. Rudolf von Hohenems im Alexander:

Auch sprach Meister Freidank:
Will das Glück nicht zu dem Mann,
So hilft nicht Alles was er kann;
Aber gleichwohl soll der Mann
Werben nach Glück soviel er kann.

2. Sechs Briefe und ein Leich (Zeitschr. IV, 398):

Denn Herr Freidank, der sprach:
Ein Mann, der rechte Minne hat,
Wie schleicht der oft einsamen Pfad!
Er trauert manche Stunde
Und klagt seine Wunde,
Die noch unverbunden steht,
Weil er Niemand erspeht,
Der sie verbinden könnte,
Wenn sie zu bluten begönnte.

3. Johann von Freiberg:

Die Frauen haben langes Haar
Und kurzen Sinn, das ist wahr.
Also sprach Herr Freidank.

4. Klein Heinzelin von Constanz:

Treib deine Scheibe, wenn sie geht,
Denn es spricht Herr Freidank,
Der immer sprach oder sang
Die Wahrheit unverhohlen:
Der hat den Spruch uns nicht verstohlen:
Führ zu Felde deinen Mist,
Wenn du eben Schuldheiß bist:
So wird fruchtbar dein Mist,
Wenn du nicht mehr Schuldheiß bist.

Erläuterungen und Zusätze.

Zu S. 2.

Das Wort Bescheidenheit hat jetzt, wie schon in der Vorrede angedeutet ist, seinen Sinn sehr verengt, indem es nur noch Mäßigung in der Selbstschätzung bezeichnet, während es früher richtige Erkenntniß und Würdigung der göttlichen und menschlichen Dinge bedeutet hatte. Der Uebersetzer durfte es aber nicht mit einem andern vertauschen, weil der Dichter gewollt hatte, daß sein Werk gerade diesen Namen führen sollte. Auch giebt er uns in der dritten Zeile einen Beweis seiner Bescheidenheit im heutigen Sinne des Worts, indem er sich nur für den Sammler und Ordner des Werks ausgiebt, das doch fast in jeder Zeile die Spuren seines Geistes trägt, obwohl es, wenn wir von den Abschnitten über Rom und Acers absehen, auf das deutsche Sprichwort gegründet ist. Zwar behalten auch diese Abschnitte den körnigen, sprichwörtlichen, fast epigrammatischen Ausdruck bei; aber die Selbständigkeit des Dichters, die wir auch für die übrigen Theile des Werks im Ganzen behaupten, ist hier noch entschiedener und augenfälliger.

Die letzte unsrer vier Zeilen deutet an, daß sich der Dichter für das was er selber beigesteuert hat, keinerlei Unfehlbarkeit beilegt: diese Bemerkung mochte ihm nöthig scheinen, weil ihm sonst gerade der Name Bescheidenheit,

den er seinem Werke giebt, bei jenem eben besprochenen
weitern Sinne des Worts den Vorwurf der Ruhmredig-
keit hätte zuziehen können.

Ueber den Namen Freidank ist schon in der Vorrede
gehandelt. Wahrscheinlich ist er erst durch die Bescheidenheit bekannt geworden; wann aber diese veröffentlicht
wurde, ist streitig. Die Zeit, wo die beiden Abschnitte
über Rom und Akers entstanden, ist durch Kaiser Fried-
richs II. Kreuzzug 1228 festgestellt; die übrigen Theile des
Gedichts können aber ebensogut vor als nach diesem
Kreuzzuge gedichtet sein, da der Dichter in Akers wohl
schwerlich Muße dazu gefunden hat. Mir ist es indes
nicht wahrscheinlich, daß sie lange vor oder nach demselben
zu Stande kamen, und die Bemühungen des hochver-
dienten Herausgebers des Grundtextes, diesen schon in
den Anfang des dreizehnten Jahrhunderts hinaufzurücken,
haben mich nicht überzeugt. Erst nach den dreißiger
Jahren beginnt der Name Freidank, welchen der Dichter,
um persönlich unbekannt zu bleiben, ersonnen und sich
beigelegt hatte, zu verlauten; später erscheint er auch als
Eigenname, den Andere führten, und den namentlich ein
wenig berufener Ueberarbeiter und Erweiterer seines Werks
mit seinem Namen Bernhard verband. Ob dieser
„Bernhard Freidank" es war, der zu Treviso begraben
liegt, oder unser Dichter selbst, wird sich nicht mehr er-
mitteln laßen. Die Bescheidenheit ist bis über die Schwelle
der neuern Zeit hinaus, wie die große Menge von Handschriften u. s. w. beweist, bekannt und beliebt geblieben; noch
Sebastian Brand hat sie erneuert und selbst einer lateini-
schen Uebersetzung hat man sie gewürdigt. Von dieser setzen
wir den unsern vier Zeilen entsprechenden Anfang hieher:

Iucepto nomen operi d i s c r e t i o donat,
Virtutes alias quae summa laude coronat.
Quamvis ornata non sunt mea scemata dicta,
Plus tamen aedificant sensus quam fabula ficta.

Der Name Freibank bleibt hier aus dem Spiel: dem Ueberseher scheint es genügt zu haben, den des Werkes zu nennen. Aber deutscher Gebrauch war es in der Kunst-dichtung, daß der Verfaßer sich im Eingange nannte; auch unser Dichter hatte sich dieser Sitte gefügt und viel-leicht war es gerade dieß was ihn nöthigte, da er mit seinem wahren Namen nicht hervortreten durfte, sich einen erdichteten beizulegen. ·Damit ist nicht zu verwechseln, wenn fahrende Spruchdichter oder Sänger sich Namen beilegten, unter welchen sie persönlich bekannt wurden, Namen die, wie Suchenwirt, Rumsland und viele Andere gerade ihre unstäte Lebensart zu bezeichnen pflegten. Für einen solchen Fahrenden scheint aber allerdings der Ver-faßer der Colmarer Annalen unsern Freibank gehalten zu haben, wenn er sagt: „Frydankus vagus fecit rithmos theutonicos gratiosos,“ wo auch der Ausdruck rithmos eher an einen Sänger als einen Spruchdichter erinnert. Dieselbe Unkunde legt auch Klein Heinzelin von Conftanz an den Tag, wenn er von Freibank (s. d. Nachträge) sagt:

„der immer sprach oder sang.“

Ist es doch fast als hätte der Verfaßer der Trevifer Grabschrift diesem Irrthum entgegentreten wollen mit den Worten:

„der immer sprach und niemals sang.“

Zu S. 3 Z. 6.

Den schönen Ausdruck „auf den Regenbogen zimmern“ verdankte der Dichter einer deutschen sprichwörtlichen

Redensart, die schon in der Klage und im Biterolf erscheint, welche ich beide für älter halte als den Freidank.

Zu S. 4 Z. 3—6.

Einfacher sagt das heutige Sprichwort:

Es ist nichts so fein gesponnen,
Es kommt ans Licht der Sonnen.

Auch von andern heutigen Sprichwörtern wird man, wie ich hier ein= für allemal erinnere, bei Freidank frühere, unvollkommnere Gestalten antreffen, was auf die Bildungsgeschichte der Sprichwörter Licht wirft.

Zu S. 5 Z. 1. 2.

Vgl. Galat. 6, 8.

Zu S. 9 Z. 14—20.

Die Erde verlor ihre Unschuld als das Blut Abels sie befleckte.

Zu S. 14.

Das letzte Reimpaar in diesem Abschnitt habe ich über= gangen, weil ich es für einen unechten Zusatz halte. Der Verfaßer desselben bezog wahrscheinlich schon das vorher= gehende auf die symbolische Auslegung, von der er selber zu handeln scheint. Nach dieser Auslegungsweise, die schon in der althochdeutschen Zeit herschend wurde und im 15. Jahrhundert wieder auftaucht, „bezeichnet" jedes Ding etwas ganz anders als es zunächst vorstellt, indem Alles auf Christum und den Teufel ausgedeutet wird wie z. B. im Physiologus. Darum sagte der Verfaßer des Zusatzes:

nehein gescheplede ist sô vrî,
sine bezeichne anderz dan si sî.

Wer auch schon das vorhergehende Reimpaar, in welchem allerdings auch schon „bezeichenheit" vorkommt, auf die

symbolische Auslegung beziehen wollte, müste es anders
übersetzen als wir gethan haben.

Zu S. 14.

Ueber die Verschiedenheit der menschlichen Gesichter
vgl. Reinhold Köhler in der Germania VIII, 304. Dazu
Plinius H. N. VII, I. „Jam in facie vultuque nostro,
quum sint decem, aut paulo plura membra, nullas
duas in tot millibus hominum indiscretas effigies existere,
quod ars nulla in paucis numero præstet affectando "

Zu S. 15.

Hier folgte in der ersten Ausgabe der Urschrift ein
Abschnitt, der in der zweiten wegblieb. Hören wir wie
sich der Herausgeber darüber erklärt: „Den Abschnitt von
dem Ave Maria, der nur in zwei Papierhandschriften
vorkommt, halte ich für unecht, nicht bloß weil ihm Freidanks Geist und gedrängter Ausdruck fehlt, sondern auch
wegen des Reims muoter: tuoter und des Worts lobesam, das Freidank und Walther nicht gebrauchen." Daß
ihn unter so vielen Handschriften nur zweie enthalten,
würde ihn allein schon verdächtigen, wenn er auch Freidanks würdiger wäre. Gleichwohl rücke ich ihn hier ein:

Von dem Ave Maria.

Ave Maria ist ein Gruß,
Dem mancher Kummer weichen muß.
Die Menschen sühnt' er aus mit Gott,
Die weiland brachen sein Gebot.
Mit diesem Gruße ward uns Huld
Nach Gottes Zorn um Adams Schuld;
Den Himmel hat er aufgethan,
Daß er uns offen steht fortan.

Durch diesen Gruß ist es ergangen,
Daß Gott die Menschheit hat empfangen.
Wie Seel und Leib im Menschen ist,
So ist Gott und Mensch in Christ,
Den du geboren, reine Maid,
Ohne Beschwer und ohne Leid:
Seine Marter hat uns Alle
Erlöst von Adams Falle.
Um diesen Gruß laß Gnad empfahn
Den Sünder, der dich mahnt hieran,
Maria, Jungfraun Krone.
Maria, Herrin, lohne
Allen, die dich ehren
Und gern dein Lob vermehren.
Kein Mensch noch aller Engel Schar
Preist dein Lob zu Ende gar.
Es ward kein Lob so lobesam
Als daß dich Gott zur Mutter nahm,
Erwählte aller Frauen.
Laß mich, o Herrin, schauen
Vergebung aller Missethat,
Die Herz und Sinn begangen hat.
Maria, Christi Mutter,
Was du begehrst, das thut er:
Bitt ihn denn, du reine Maid,
Für die ganze Christenheit.

Man sieht, dieß ist ein Gebet, jenem ähnlich, das der
Dichter an den Schluß seines Werkes gestellt hat. Gegen
den ersten Abschnitt Von Gott, der in gedrungenen, ge-
dankenreichen Sprüchen besteht, sticht es in seinem lyrischen

Erguße so sehr ab, daß es undenkbar scheint, der Dichter habe hier seine Sprüche durch ein Gebet unterbrechen wollen. Mit Gott beginnt sein Werk, mit dem Gebet zu Gott schließt es: wollt er der Jungfrau auch gedenken, so war dort der schickliche Ort dafür, und in der That finden wir sie in der neunten Zeile des urkundlichen Schlußgebets erwähnt.

Zu S. 16 Z. 3—9.

Dieser auf die Messe bezügliche Satz steht bei Grimm im 29. Abschnitt Von Himmelreich und Hölle (bei uns S. 80) mitten zwischen Sprüchen, die sich auf den Teufel beziehen: indem ich ihn hier an eine geeignetere Stelle rücke, werden zugleich jene denselben Gegenstand betreffenden Sätze, welche er unterbrochen hatte, wieder zusammengebracht. Den Anlaß, unsern Satz an die falsche Stelle zu setzen, gaben die in dem vorhergehenden Spruche S. 81 Z. 7—10 erwähnten Worte Gottes, welche den Teufel nach dem Glauben jener Zeit zwingen könnten, seine Schande und sein Herzeleid zu bekennen, was an Zauber erinnerte. Die Kraft der Messe wird aber in unserm Spruche über die eines keineswegs göttlichen Zaubers gestellt; denn Worte, welche Schlangen zwingen, Schwerter stumpfen und glühendes Eisen unwirksam machen, gehören dem Heidenthum an, wenn gleich christliche Priester bei Gottesurtheilen, z. B. mit dem in bloßer Hand zu tragenden heißen Eisen und bei dem s. g. Kesselfang, ähnliche Künste verstehen und üben mochten. Mit seiner Zeit glaubt zwar unser Dichter noch an solchen unheimlichen Zauber; aber der Messe traut er höhere Kraft zu.

Zu S. 17 Z. 9.

Die im Mittelalter zur Erinnerung an des Herrn

Leiben von Geistlichgesinnten nicht bloß in den Klöstern
begangenen sieben Tagezeiten (Mette, Prim, Terz, Sext,
None, Vesper, Complet) bespricht ein lateinisches Kirchen-
lied, das ich mit der deutschen Uebersetzung (Vgl. Mein
Lauda Sion 118. 119 ff.) zu beßerm Verständniß hier
einrücke.

Patris sapientia,
Veritas divina,
Deus homo captus est
  Hora Matutina.
A suis discipulis
Cito derelictus
Iudaeis est traditus,
Venditus, afflictus.

Hora Prima ductus est
Iesus ad Pilatum;
Falsis testimoniis
Multum accusatum
In collum percutiunt
Manibus ligatum;
Vultum Dei conspuunt,
Lumen coeli gratum.

Crucifige, clamitant
Hora Tertiarum;
Illusus induitur
Veste purpurarum;
Caput eius pungitur
Corona spinarum,
Crucem portat humeris
Ad locum poenarum.

Hora Sexta Iesus est
Cruci conclavatus
Et est cum latronibus
Pendens deputatus,
Prae tormentis sitiens
Felle saturatus:
Agnus crimen diluit
Sic ludificatus.

Hora Nona dominus
Iesus expiravit,
Heli clamans animam
Patri commendavit;
Latus eius lancea
Miles perforavit:
Terra tunc contremuit
Et sol obscuravit.

De cruce deponitur
Hora Vespertina,
Fortitudo latuit
In mente divina.
Talem mortem subiit
Vitae medicina:
Heu corona gloriae
Iacuit supina.

Hora Completorii
Datur sepulturae
Corpus Christe nobile,
Spes vitae futurae.

Conditur aromate,
Complentur scripturae;
Iugis sic memoria
Mors est mihi curae.

Has horas canonicas
Cum devotione
Tibi Christe recolo
Pia ratione,
Ut qui pro me passus es
Amoris ardore,
Sis mihi solatium
In mortis agone.

Der vom Vater uns gebracht
Ew'ger Wahrheit Kunde,
Gottes Sohn gefangen ward
Um die Morgenstunde.
Seine Jünger flohen all,
Mochten ihn nicht retten.
An der Juden Volk verkauft
Schmachtet er in Ketten.

Um die erste Stunde bringt
Man ihn zu Pilaten;
Falsches Zeugniß war erdacht
Um ihn zu verrathen.
Dir die Hände banden sie,
Schlugen dich und traten.
Dir ins Antlitz spieen sie,
Fürst der Himmelsstaaten.

Um die dritte, Kreuzespein
Heißt das Volk dich leiden
Und in Purpur eilen sie
Dich zum Spott zu kleiden,
Einer Krone Dorngeflecht
Dir aufs Haupt zu drücken,
Heißen selber dich dein Kreuz
Tragen auf dem Rücken.

Um die sechste Stunde wird
Christ ans Kreuz geheftet,
Wo er zwischen Schächern hängt
Blutend und entkräftet.
Da ihn dürstet in der Noth
Tränkt man ihn mit Galle;
So verspottet tilgt das Lamm
Unsre Sünden alle.

Um die neunte Stunde stirbt
Unsres Heils Berather,
Heli ruft er und befiehlt
Seinen Geist dem Vater.
Seine Seite wird durchbohrt
Von des Ritters Lanze:
Da erbebt der Erde Grund,
Sonne läßt vom Glanze.

Um die Vesperstunde Christ
Wird vom Kreuz genommen,
Die verhüllte Gotteskraft
Scheint an ihm verkommen.

Seiner Krone Herrlichkeit
Lag vor ihm darnieder:
Solchen Tod erlitt, der uns
Bringt das Leben wieder.

Als der Tag vollendet war,
Ward zu Grab gesenket
Jesu Christi edler Leib,
Der uns Leben schenket.
Gute Salben goß man auf
Wie die Schrift verheißen:
Des zu denken mir zum Trost
Will ich mich befleißen.

Dieser Zeiten Siebenzahl
Will ich nicht vergeßen,
Jeder Stunde scharfe Qual
In mein Herz zu preſſen,
Daß wie du am Kreuze littſt
Mir zu Liebe Wunden,
Du ein Tröſter zu mir trittſt
In des Todes Stunden.

Zu S. 20 Z. 9.
Die Ueberſetzung iſt ungenau: es ſcheint ein Hauch
gemeint. Vgl. Grimm Zu Freidank 55.
Zu S. 20 Z. 15. 16.
Dieſe Zeilen, die unſerm Dichter zum Gleichniß dienen,
gehen auch als Räthſel um.
Zu S. 24 Z. 14.
durch boesen namen erklärt der Herausgeber Zu Freidank S. 56, „weil man ſchlecht von mir ſpricht.“ Hier

glaube ich dem Sinne des Dichters näher gekommen zu sein.

Zu S. 24 Z. 17—25, 2.

sind mit ungewöhnlicher Freiheit übertragen und dabei zwei Zeilen:

swer durch sich selben sœhe,
den dûhte der lîp vil smœhe:

Wenn wir durch den Leib uns sähen,
Möchten wir ihn wohl verschmähen.

übergangen worden.

Zu S. 30.

Am Schluß dieses Abschnittes findet sich in der neuen Ausgabe der Zusatz:

Die ihm unterthänig wären,
Denen sollt ers beßer doch gewähren.

Zu S. 46 Z. 12.

Hier ist einzuschalten:

Reichthum ist zu gar nichts gut,
Hat man ihn nicht zu brauchen Muth.

Zu S. 47 Z. 13. 4.

Vgl. Ecclesiasticus (Prediger Sal.) 1, 18.

Zu S. 49 Z. 4

fehlt der Spruch:

Ich meide Fische manchen Tag,
Da ich keine haben mag.

S. 49

wäre am Schluß wohl beizufügen (vgl. zu Freidank 24):

Ich habe Gut, das ist nicht mein:
Herr Gott, wem mag es denn wohl sein?

Es steht nicht mehr mir zu Gebot
Als ich verzehr und geb um Gott.
　　Zu S. 57 Z. 12
gehört noch:
　　Haben zwei Herren Einen Knecht,
　　Der dient beiden selten recht.
　　Zu S. 62 Z. 3. 4.
Mit Herren und Frauen werden hier Adelige gemeint.
Es gehört also dieser Spruch zu den jetzt veralteten. In-
dessen dient er mit andern wahrscheinlich zu machen, daß
Freidank selber von Adel war. Gleichwohl verkennt er
nicht was alsbald folgt:
　　Niemand ist edel ohne Tugend;
ja weiterhin heißt es:
　　Wer Tugend hat ist wohlgeboren.
Wohlgeboren wurde in jener Zeit selbst von Fürsten und
Königen gebraucht.
　　Zu S. 65 Z. 5.
„Man meint, man müße den Stachel drücken oder
daran saugen, dann komme der Honig; dem aber der
Stich folgt.“ W. Grimm.
　　Zu S. 72 Z. 9—12.
Diese Zeilen hab ich in mein Exemplar von Diderots
La Religieuse geschrieben. Wenn Diderot sie gekannt hätte,
würde er sie vielleicht selber als Motto gebraucht haben.
Die vierte Zeile meint: so lange die Welt stehe, könne
sich das nicht ereignen.
　　Zu S. 78 Z. 13 ff.
Was mit der Frage wer er si gemeint sei, ist noch
unermittelt. Indem ich schrieb: wer der Andre sei, war
ihrer Entscheidung schon vorgegriffen.

Zu S. 80 Z. 13—18.

Diese Zeilen, die in der Ausgabe an einer andern
Stelle stehen, hab ich zur Ausfüllung einer Lücke hieher
gerückt; daß sie hier einschlägig sind, hatte schon Pfeiffer
(Zur Literaturgeschichte 53) erkannt. Doch wär es möglich, daß der Dichter von der dritten Straße, über welche
man hier Auskunft vermißte, an dieser Stelle absichtlich
nicht weiter handelte, weil er es an einer frühern Stelle
gethan hatte. Allerdings liegt schon in dem „aller meist"
(Ausg. 38, 17), daß es noch andere Sündenwege giebt
als die hier besprochene (dritte) Straße, welche unsere
Stelle als die befahrenste schildert.

Daß übrigens der jüngere Spervogel, oder Wer der
Verfaßer der von W. Grimm eine Art Cento genannten
Sprichwörtersammlung in Leichform (bei V. d. Hagen III.
468. 469ᵃ) sein mag, hier unsern Dichter, und nicht umgekehrt dieser jenen, benutzt hat, zeigt sich an den Worten
ûf gedingen, die sich erst aus unserer Stelle bei Freidank erklären, der aber deutlicher ûf den gedingen gesagt hatte, weil er die von ihm gemeinte trügliche Hoffnung in dem vorhergeschickten Satze schon besprochen hatte;
in dem Leich wird sie erst nachher erwähnt, weshalb das
mit Auslaßung des den aus Freidank erborgte ûf gedingen befremdend bleibt. Es giebt noch viele andere
Stellen, wo dieselbe Frage, wer der Entleiher sei, in
gleicher Weise beantwortet werden muß: immer ist es
dabei der Leich, der den Gedanken abschwächt und breit
tritt, was an unserer Stelle Pfeiffer nicht ohne Schein
von Freidank behauptet hatte. Einigemal kann man zweifeln
ob der Leich aus Freidank schöpfe oder aus einer beiden
gemeinsamen Quelle, dem deutschen Sprichwort; aber die

Entscheidung, die hier an der für den Leich günstigsten
Stelle doch zuletzt wider ihn ausfällt, verdächtigt ihn
gleichfalls an andern der Entwendung. Umgekehrt wird
auch nicht selten, wo W. Grimm von namhaftern Dichtern
Entleihung aus Freidank angenommen hatte, das deutsche
Sprichwort die gemeinsame Quelle sein.

Zu S. 81 Z. 11 ff.

Hier stand in der Ausgabe der Spruch, welchen wir
oben in den Abschnitt von der Messe gerückt haben. Vgl.
Zu S. 16 Z. 3—9.

Zu S. 83 Z. 5.

Eine freie aber geistreiche Behandlung eines biblischen
Spruchs (Sprüche Sal. 30, 18. 19): tria sunt insaturabilia
et quartum quo1 nunquam dicit „sufficit“: infernus, et
os vulvae, et terra, quae nunquam satiatur aqua; ignis
vero nunquam dicit „sufficit“. Statt der Erde, die sich
Waßers nicht erfättigt, nennt Freidank die Geizigen, und
zählt die vier unersättlichen Dinge in anderer Ordnung
auf, wobei das vierte, das unaussprechlich ist, den Schluß
macht, aber errathen werden soll. Unbegreiflich, daß
W. Grimm das Räthsel, das Freidank hier aufgab, nicht
lösen konnte, da er doch den Schlüßel dazu in der Bibel-
stelle selber beibringt. Auch schon der Welsche Gast nennt
den Geizigen neben der schon den Heiden als unersättlich
bekannten Hölle; wahrscheinlich war also auch hier das
Volkssprichwort vorangegangen.

Zu S. 87 Z. 1—6.

Vgl. Ecclesiasticus (Prediger Sal.) 10, 16.

Zu S. 88 Z. 12.

Wer unter den alten Erben zu verstehen sei, ob die
Vorfahren des regierenden Fürsten oder seine Agnaten,

bleibt unentschieden; der folgende Spruch ist aber zu wichtig auch für unsere heutigen Verhältnisse als daß ich ihn nicht in seiner ursprünglichen Gestalt hieherseßen sollte:

der vürsten ebenhêre
stœret des rîches êre.

Zu S. 95 Z. 14.

Ich habe tübel mit Triebel übersetzt, wobei der Sinn nicht verlieren wird; der Dichter meinte aber nach Gr. Zu Freidank 66 einen „stumpfen hölzernen Pflock, womit die Bodenstücke des Faßes verbunden werden," wovon ich keine Anschauung habe wie es manchem Leser vielleicht nicht anders ergeht.

Zu S. 96 Z. 5. 6.

Vgl. Sprüche Sal. 17, 28.

Zu S. 96 Z. 17. 18.

Vgl. Sprüche Sal. 19, 25.

Zu S. 99 Z. 7 v. u.

Auch dieser Spruch ist wie auf unsere heutigen Verhältnisse gemünzt, wie ich ihn denn auch demgemäß modern genug übersetzt habe. Mag er hier in seiner ursprünglichen Faßung stehen:

swenne ein tôre brîen hât,
son ruochet er wie daz rîche stât.

Zu S. 104 Z. 15. 16.

Vgl. Ecclesiasticus (Prediger Sal.) 2, 26.

Zu S. 105 Z. 13—18.

Vgl. Jeremias 13, 23.

Zu S. 113 Z. 9 ff.

Daß diese Zeilen unserm Dichter gehören, überrede ich mich schwer. Da ich sie aber wegzulaßen nicht berechtigt bin, so habe ich sie einigermaßen aufzustußen versucht.

Zu S. 114 Z. 1. 2.

Vgl. Sprüche Sal. 27, 10.

Zu S. 114 Z. 3. 4.

Vgl. Sprüche Sal. 18, 24.

Zu S. 114 Z. 7. 8.

Diesen Zeilen fehlt in der Uebersetzung der Reim; aber vielleicht gefallen sie so beßer.

S. 117 Z. 3 v. u.

ist nur nach Vermuthung übersetzt, da ich über des Dichters Meinung nicht ins Reine kam.

Zu S. 126 Z. 7. 8. /46

Freilich wär es wunderlich, wenn ein Kind seinem Stiefvater gliche. Ich kann die Stelle nicht für unecht halten, wenn gleich andere, worin das Wort vorkommt, der Unechtheit verdächtigt sind. Aber auch nur in der einen Stelle, welche schon in der neuen Ausgabe wie bei uns weggeblieben ist, und allenfalls noch in der vom Krebse S. 163 Z. 10 ist wohl der Verdacht gegründet.

Zu S. 138 Z. 5. 6.

Vgl. Ecclesiasticus (Prediger Sal.) 1, 4.

Zu S. 139 Z. 13. 14.

Vgl. Matth. 13, 57. Luc. 4, 24.

Zu S. 144 Z. 7. 8.

Vgl. Lessings:

Leser, wie gefall ich dir:
Leser, wie gefällst du mir?

Zu S. 145 Z. 1. 2. v. u.

Vgl. Matth. 15, 26.

Zu S. 146 Z. 9. 10.

Welche von den drei verschiedenen Gestalten, unter welchen der Herausgeber diesen Spruch hat drucken laßen,

ift der richtige? Den Sinn, welchen er zu Freiban! 76
darin findet: „Wenn Silber dem Zinn widerstrebt, weil
fie beide zu verschiedenartig find, gehen beide zu Grunde",
fann ich in keiner derselben finden. Die Ueberfetzung
richtet fich nach der ersten Gestalt; Benekens Wörterbuch
überfetzt nach der zweiten: verfilbert gilt auch mehr als
Zinn: äußerer Schein hat keinen Werth. Nach der britten
müßte überfetzt werden:

Oben Silber, mitten Zinn,
Da giebt ein Stück das andre hin.

Zu S. 149 Z. 7—10.

Vgl. Sprüche Sal. 30, 18. 19.

Zu S. 150 Z. 1—8.

Vgl. Pf. 104, 14. In der neuen Ausgabe hat W.
Grimm diese Stelle, deren Echtheit er schon früher be=
zweifelt hatte, ganz weggelassen.

Zu S. 153 Z. 8 v. u.

Dieser Spruch kommt in dem Abschnitt Acters noch
einmal vor; aber mit der Anwendung auf die Beziehungen
des Kaisers zum Sultan. Ob daraus auf das Verhält=
niß jenes Abschnitts zum Ganzen geschloßen werden kann,
steht noch dahin. Daß derselbe ursprünglich nicht zur
Bescheidenheit gehört habe, läßt fich nicht daraus folgern.

Zu S. 158.

Der hier beginnende Abschnitt von den Thieren ift
offenbar der schwächste des Werks. Wieviel davon unserm
Dichter gehört, ist zweifelhaft.

Zu S. 162 Z. 9—13.

Vgl. hierzu die nachstehende aus dem Renner ausge=
hobene, zwischen Bacharach und Oberwefel spielende Thier=
fabel:

Des Maulthiers Adel.

Als der Löwe das Königreich
Empfieng der Thiere, ließ er gleich
Vor sich entbieten insgemein
Alle Thiere groß und klein,
Und gebot, daß sies nicht ließen
Ihm zu sagen wie sie hießen.
Da kam das Maulthier auch zur Stelle.
Der König sprach: Sag an, Geselle,
Wie bist du geheißen und genannt?
„Herr," sprach das Maul, „ist euch bekannt
Des Ritters Roß, der in der Stadt
Gesessen ist zu Bacharat,
Und ist genannt Herr Toldemir?
Nun ohne Zweifel, glaubet mir,
Dieß Roß ist mein Oheim:
So wurde mir gesagt daheim.
Dasselbe Roß und meine Mutter
Aßen miteinander Futter
Aus Einer Krippe und sind geborn
Von Einer Mutter." Der König im Zorn
Sprach: „Noch bleibt mir unbekannt
Wie dein Vater sei genannt."
Er sprach: „Herr, gieng euer Steig
Je vor die Stadt zu Braunschweig?
Da steht, Herr König, eingehegt
Ein Zelter, des man weiblich pflegt:
Er gehört dem Landesherren an
Und ist mein Oheim: so gewann
Ich Kunde von der Mutter mein."

Der König:
„Wie edel mag dein Oheim sein,
Wie edel auch deine Mutter ist,
So weiß ich doch nicht, wer du bist
Bis ich höre wer dein Vater sei."
Er schwieg. Nun stand der Fuchs dabei,
„Herr," sprach er, „kennt ihr wohl den Esel,
Den der Bäcker hat zu Wesel,
Den er ausschickt zu Felde?
So wißt, wie ich euch melde,
Daß eben der sein Vater ist."
Der König sprach: „Wohlan, und bist
Du so ungleicher Art geborn,
So laß mich wißen ohne Zorn
Wie du denn selber bist genannt?"
Er schwieg. Da sprach der Fuchs zuhand:
„Er heißt ein Maul: das ist ein Thier
Größer und stärker als meiner vier;
Ungerne möcht ich doch mein Leben
Für seinen befleckten Adel geben."

Hugo von Trimberg.

Zu S. 163 Z. 1. 2 v. u.

Das gereimte Sprichwort steht hier im Nachtheil gegen
das alliterierte, das sich kürzer faßen kann: Wo ein Aas
ist, da sammeln sich die Adler. Aber verbreitet war wohl
auch die andere Form, die statt der Adler Geier nannte,
wie wir bei Goethe in den Abhandlungen zum Westöst=
lichen Divan lesen:

Wo Geier sich um Aeser sammeln.

Zu S. 163 Z. 9—10 v. u.

Diese Zeilen sind auf unsern Dichter selber angewendet
worden in der Umbildung:

Ich lobe dich, edler Freigedank,
Ueber aller Harfen und Saiten Klang.

Zu S. 164 Z. 9 ff.

Der Karabrius, ein schon den Alten bekannter fabel=
hafter Vogel. Nach Konrad Geßner, der ihn im Deut=
schen Triel nennt, soll er die Gelbsucht heilen.

Zu S. 167 Z. 9. 10.

Der Vogt ist der weltliche Richter.

Zu S. 167 Z. 13. 14.

Vgl. Matth. 6, 21. Luc. 14, 34.

Zu S. 169 Z. 7. 8.

Nach Vermuthung übersetzt, vielleicht unrichtig.

Zu S. 170 7 ff.

Vgl. Apostelgesch. Cap. 3, 1—10.

Zu S. 172 Z. 3.

Der Name Merbot wird am Besten aus Maravedi er=
klärt: das Goldstück (nummus) vergiebt zu Rom die Sünde.
Die Frage, wie damit das zunächst Folgende zu verbinden
sei, ist eine weitere.

Zu S. 172 Z. 3.

Hier ist als unecht absichtlich weggelaßen:

Dem Esel solche Gnade ziemt,
Daß er dem Ochsen Schuld benimmt.

Zu S. 176.

Akers (mhd. Akers), französisch St. Jean d'Acres, ist
Accon oder Ptolemäis. Die Beschreibung, die unser Dichter
von den Zuständen im gelobten Lande (daz reine lant)

macht, ist nicht erbaulich aber der Wahrheit gemäß und gilt als geschichtliche Quelle; der gelegentlich erwähnte Bau zu Joppe (Jaffe) meint nach Gr. S. L die Wiederherstellung der Festungswerke, wozu der abgeschloßene Friede den Kaiser berechtigte.

Zu S. 180 Z. 7 v. u.

Sie haben manchen Zug gezogen, erklärt W. Grimm Zu Freidank S. 83: „mit dem Fischernetze": sie haben manchen Fang gethan, und zwar auf unrechtmäßige Weise; stünde die Stelle in dem vorhergehenden Abschnitte, gewiß richtig.

Zu S. 194.

Hier ist am Schluß wohl der Spruch einzuschalten, welchen W. Grimm Zu Freidank 29 anführt:

Der Lügner muß das Schwören laßen,
Soll man Zutraun zu ihm faßen.

Zu S. 200 Z. 7. 8 v. u.

Vgl. Hiob 1, 21.

Zu S. 203 Z. 1—8.

Vgl. Matth. 25, 42—43.

In demselben Verlage ist erschienen:

Das Nibelungenlied

übersetzt von

Karl Simrock.

Siebzehnte Auflage.

Ueber diese Uebersetzung sagt Goethe Bd. 32. S. 274:
„Das Nibelungenlied sollte Jedermann lesen, damit er nach
dem Maß seines Vermögens die Wirkung davon empfange.
Damit nun dem Deutschen ein solcher Vortheil werde, ist
die vorliegende Behandlung höchst willkommen. Das Un-
zugängliche der alten Sprache verliert seine Unbequemlich-
keit ohne daß der Charakter des Ganzen leidet. Der
neue Bearbeiter ist so nah als möglich Zeile vor
Zeile beim Original geblieben. Es sind die
alten Bilder, aber nur erhellt. Eben als wenn
man einen verdunkelnden Firniß von einem
Gemälde genommen hätte und die Farben in
ihrer Frische uns wieder ansprächen. Wir wünschen diesem Werke viele Leser; der Bearbeiter, indem er
einer zweiten Auflage entgegen steht, wird wohl thun, noch
manche Stellen zu überarbeiten, daß sie ohne dem Ganzen
zu schaden noch etwas mehr ins Klare kommen.“ Der
Uebersetzer ist in sechszehn folgenden Auflagen bemüht
gewesen diesem Rathe zu folgen, indem jede eine ver-
beßerte war. Er ist vielfach nachgeahmt, aber nie erreicht, geschweige übertroffen worden. Diese Uebersetzung
ist die vollständigste von allen, indem sie die Strophen
aller Handschriften vereinigt. Sie hat Unzählige dem Original zugeführt, zu dessen Studium sie das bequemste
Hülfsmittel darbietet. „Eine Uebersetzung, sagt Goethe
Bd. 4. S. 326, „die sich mit dem Original zu identi-
ficieren strebt, nähert sich zuletzt der Interlinear-Version
und erleichtert höchlich das Verständniß des Originals: hie-
durch werden wir an den Grundtext hinangeführt, ja ge-
trieben.“ Und an einer andern Stelle rühmt er von
Uebersetzungen, sie erweckten eine unwiderstehliche Sehnsucht
nach dem Original.

Shakespeares Gedichte.

Deutsch

von

Karl Simrock.

8. Rthlr. 1. 24 Ngr. oder fl. 3. —

Von einer lang und viel bewährten Meisterhand empfangen wir hier in deutschem Gewande diejenigen Werke Shakespeares in denen der allgewaltige Herrscher des Drama's sich als einen bewundernswürdigen Lyriker, als einen mächtigen Epiker zeigt. Wir empfangen hier die Sonette, die neuerdings wieder so vielfach den Fleiß und die Spürkraft der Forscher angeregt haben; wir empfangen ferner das in üppiger Farbenpracht glühende Gedicht von Venus und Adonis, dann als ein ernstes Seiten- und Gegenstück die mit dem vollen Reichthum Shakespearischer Phantasie ausgestattete und durch tiefe psychologische Wahrheit anziehende Erzählung von Tarquin und Lucretia, deren ganzer poetischer Werth dem deutschen Leser wohl zuerst an dieser Uebersetzung klar entgegenleuchten wird. Diesen umfassenden Schöpfungen reihen sich die kleineren Dichtungen an: die ergreifende Klage der Liebenden, die unter Shakespeares Namen erschienene Sammlung der verliebte Pilger, und endlich die den Dramen eingeflochtenen Gesänge, jene süßen Liederblüthen die ihren Duft in unvergänglicher Frische bewahrt haben. In einem durch poetische Beigaben gewürzten Vorworte äußert der Uebersetzer kurz und bündig seine Ansicht über den vieldeutigen Inhalt der Sonette. Wie Simrock die Uebersetzungskunst übt, nach welchen festen Principien er seine Nachbildungen gestaltet, ist den Deutschen längst wohl bekannt; sie wissen wie er es versteht die Dichtungen unseres eigenen Alterthums und die des stammverwandten englischen Volkes unserem Denken und Fühlen nahe zu bringen, ohne je die bestimmte Eigenthümlichkeit des Originals zu verletzen. In der Uebertragung der Shakespeare'schen Gedichte hat er würdige Vorgänger gehabt: der Kenner wird sich aber durch eine sorgfältige Vergleichung überzeugen, und der unbefangene, dem poetischen Eindruck hingegebene Leser wird unmittelbar empfinden wie sehr es dem vielgeübten Meister auch hier gelungen ist die Urschrift nach Form und Inhalt getreuer und reiner als seine Vorgänger wiederzugeben. Diese Uebersetzung, durch welche Simrock die reiche Zahl seiner Leistungen um eine hochbedeutende vermehrt, muß auf das wirksamste dazu beitragen daß auch diesen Dichtungen des großen Britten immer entschiedener die gerechte Würdigung zu Theil werde; diese Uebersetzung muß die Deutschen lehren, daß auch aus diesen Dichtungen der vollkräftige Genius des allvermögenden, dem deutschen Geiste so nah verwandten Dichters spricht.

Gedichte
von
Karl Simrock.
Neue Auswahl.
8. Rthlr. 1. 24 Ngr. oder fl. 3. —

Der Wartburgkrieg
geordnet, übersetzt und herausgegeben
von
Karl Simrock.
8. Rthlr. 1. 12 Ngr. oder fl. 2. 24 kr.

Deutsche Märchen
erzählt von
Karl Simrock.
Taschenausgabe. Cart. Rthlr. 1. 5 Ngr. oder fl. 2. —

Die Frithiofs-Sage

von

Esaias Tegnér.

Mit den Abendmalskindern.

Uebersetzt von

Karl Simrock.

Miniatur-Ausgabe geb. mit Goldschnitt Rthlr. 1. 12 Rgr.
oder fl. 2. 24 k:.

www.ingramcontent.com/pod-product-compliance
Lightning Source LLC
Chambersburg PA
CBHW020557030726
47497CB00007B/1978